光文社文庫

長編推理小説

新・東京駅殺人事件

西村京太郎

光　文　社

目次

第一章　エキコン

1

東京駅には、三人の駅長がいる。それは、東京駅に、三つの鉄道会社が乗り入れているからである。

いちばん大きい会社は、ＪＲ東日本で、中央線、山手線、京浜東北線、東海道線、東北・上越・長野の各新幹線、さらには横須賀線、総武線、京葉線などの路線があり、二番目に大きいのはＪＲ東海で、東海道新幹線を管轄している。

三番目は、東京メトロで丸ノ内線になる。

最近、都心部の大きな駅には、私鉄各社が乗り入れているので、自然に、駅長の数は多くなる。例えば、新宿駅には、ＪＲ東日本のほかに、小田急電鉄、京王電鉄、東京メトロ、東京都交通局、この五社が、乗り入れているので、東京駅よりも多い、五人の駅長がいることになる。

ＪＲ東日本の東京駅駅長である谷村《たにむら》誠《まこと》は、今年五十五歳である。鉄道一筋三十二年、時には、さまざまな感慨が、胸をよぎることがある。

東京駅は一九一四年、大正三年に完成した。それ以来百年、東京駅には、歴史上誇るべきことが二つあった。

その第一は、一九二三年（大正十二年）九月一日に起きた関東大震災である。この時には、一時間以上にわたって、揺れが続いたといわれている。

激しい揺れによる、東京の被害は大変なものだった。家屋の全壊二万四千四百六十九戸、半壊二万九千五百二十五戸、死者は七万三百八十七名。大きな建物も、次々に、倒壊した。

また、鉄道でも、神田、新橋などの駅が、倒壊している。

それなのに、東京駅は、ほとんど、無傷だった。あれだけの強い揺れでも、ビクともしなかったという。

何よりも驚嘆するのは、東京駅の構内では、死者がゼロだったことである。地震発生当時、ホームには三十名から四十名の乗降客がいたというが、駅員の誘導で速やかに避難し、わずかに、軽傷者が二名出ただけだった。

その後、倒壊しなかった東京駅には、八千人近い被災者が、避難してきたが、それを、全員迎え入れたといわれている。

次は、太平洋戦争中の一九四五年（昭和二十年）五月二十五日、米軍のB29による東京山の手の大空襲があった。この時、焼夷弾《しょういだん》が一時間にわたって、雨のように、丸の内一帯に降り注いだ。

この大空襲では、死傷者が多数にのぼっただけでなく、皇居にも焼夷弾が落ちて、炎上した。

東京駅も直撃を受けて、三階部分が、焼け落ちたが、それでもこの時も東京駅では、一人の死者も、出していない。駅員が必死になって誘導して、乗降客を避難させ、また、駅員全員で、駅舎の消火に当たったといわれている。

さらに、素晴らしいのは、大空襲からわずか二日後の、五月二十七日には、早くも列車五本を走らせ、東京駅が、駅としての営業を再開したことである。

そうした歴史を持っているためかどうかは分からないが、東京駅の駅長室には、「無事」と書かれた大きな額が掲げられている。永平寺の管長が揮毫《きごう》した額である。

谷村も毎朝、出勤して駅長室に入ると、まず最初に、その額に、目をやり、今日一日の無事を誓うことを、日課としていた。

谷村は、駅長としてやるべき任務は、二つあると、思っていた。

一つは、東京駅を発車する、あるいは、東京駅に到着する全ての列車を、時刻表通りに正確に動かすことであり、もう一つは、乗客の安全である。

関東大震災の時にも、東京大空襲の時にも、東京駅は、一人の死者も、出していない。そのことを誇りに、思っているので、谷村も、自分が駅長である間は、どんなことがあっても、東京駅から一人の死者も出さないことを誓っていた。

駅長の仕事は、一日中忙しい。そのうちのかなりの時間が、人に会うことである。

今日も、週刊誌のインタビューが、待っていた。東京駅が、リニューアルされ、開業当時の姿に復元されたというので、新聞や雑誌、テレビの、インタビューが、やたらに多くなった。今日は、週刊Sのインタビューで、時間は、午後三時からだった。

午後三時ちょうどに、若い女性記者と同じ年代に見える男のカメラマンの二人がやって来た。

今日のインタビューの話は、少しばかり変わっていた。ほかの雑誌のように、復元された駅舎についての話ではなく、東京エキコン（東京駅のコンサート）の話をききたいというのである。

東京エキコンは、丸の内北口コンコースで開催される東京駅コンサートのことである。

このコンサートは、一九八七年（昭和六十二年）に始まり、二〇〇〇年、平成十二年まで続けられていた。いわば、東京駅の名物の一つだった。

週刊Sの記者は、そのいくつかの東京駅コンサートの写真を、持ってきていた。

「今度、その東京エキコンが、行われるそうですね？」

と、女性記者が、きく。

「ええ、そうです」

「どういう事情で、再開されることになったんですか？」

「アメリカに若い女性だけの四重奏楽団がありましてね。今、世界的に大変な人気があるそうです。この四重奏楽団が来日して、東北の被災地で、演奏会をやっていたんですが、実は、四人とも、大変な鉄道ファンで、日本を離れるに際して、ぜひ一度、新しくなった、東京駅で、無料コンサートをやりたい。そう希望しているので、ぜひ考えてみてくれと、文化庁のほうから電話がありましてね。それで、悪いことではないと思い、三日後の四月五日に、東京駅でエキコンをやることに決まったんです」

谷村が、いった。

東京エキコンを始めたのは、一九八七年だが、この年から、国鉄が民営化されたのである。

最初のエキコンでは、「天使の声」といわれるスイスの少年少女合唱団を呼んで開催したが、これが、大変な人気になった。その後、毎年のように、有名な、ピアニストやバイオリニストも、このエキコンに、参加してくれた。

「その頃は、大変な人気で、話題を、集めたんでしょう？　それなのに、どうして、中止になったんですか？」

と、女性記者が、きく。

「大きな原因は、例の地下鉄サリン事件ですね。あの事件が起こったために、駅の構内でたくさんの観客を集めてのコンサートは、危険ではないかということになりましてね。それに、東京駅の改装工事が重なって、自然に中止ということになってしまいました」

その後、東京エキコンは、一時復活したこともあったが、結局十年近く開催されていなかった。

「ウチの社でも、東京エキコンを覚えている人が、たくさんいるんですよ。皆さん、どうして復活しないのか？　ぜひ、復活してもらいたいと、駅長さんに、お願いしてほしいと、いわれてきたんです」

女性記者が、笑顔で、いった。

「そうですね。今回を機会に、定期的に、開くようになればと、私も思っているんですが」

たしかに、エキコンは、大変人気があった。何よりも、人々が歓迎したのは、普通のコンサートとは違って、演奏者や、あるいは歌手の、すぐ近くまで、寄っていって、鑑賞することができるということだった。

つまり、劇場でやるような、堅苦しいところがなくて、ききたくなければ、歩き去ってしまえばいいのだし、立ち止まって、きいていてもいい。その自由さも、多くの人たちに、受けたのだろう。

できれば、もう一度、東京駅の名物として復活したい。三日後の四月五日のコンサートがうまく行けば、また東京駅の名物にできるだろうと、谷村は、期待していた。

ただ、不安が全くないわけではなかった。

劇場での、コンサートならば、集まる客は全て、一応、音楽をききに来ている。

しかし、東京駅のコンサートは違う。どんな人間がきいているのか分からないからである。

極端なことをいえば、東京駅を爆破しようと考えている人間が、交ざっていることだってあり得るのだ。

最後に、女性記者とカメラマンが、四月五日のコンサートの会場になる丸の内北口のコンコースの写真を、撮りたいというので、谷村は助役を呼び、二人を、案内させることにした。

2

高見沢明彦《たかみざわあきひこ》は、駅員に、その場所をきいてから、東京ステーションホテルの一階にある、ロビーに向かった。

ステーションホテルも、新しく改装されたが、しかし、どこかクラシックなスタイルを維持していた。ロビーも、ヨーロピアンクラシックとでも、いうのだろうか、窓が大きく、天井が高い。

高見沢は、入口のところに立ち止って、ロビーの中を、見回した。

ロビー隅のテーブルから、高見沢に向かって、雑誌を、高く掲げながら、会釈をした若い男がいた。

高見沢は、そのテーブルに向かって歩いていった。

その男は、

「高見沢さんですね？」

と、きき、その後で、名刺をくれた。

その名刺には、

「『鉄道研究』編集部　田中勇作《たなかゆうさく》」

と、あった。

田中は、高見沢のコーヒーを、注文してから、

「賞金の百万円、もらってきましたか？」

「ええ、神田の出版社に、行ってもらってきましたが、その時に、こちらに、行くようにといわれたんです」

と、高見沢が、いった。

「鉄道研究」という雑誌があり、そこで、鉄道をテーマにした小説を、募集していた。枚数は八十枚前後。高見沢は、それに、応募して、入選したのである。

しかし、その雑誌を、出している神田の出版社に行ってみると、受賞パーティを開いてくれるわけでもなく、いきなり、百万円の現金を渡されて、

「東京駅の、ステーションホテルのロビーに行って、ウチの編集者に、会ってください」

と、いわれたのである。

「実は、ウチの雑誌は赤字です」

田中が、いきなり、いう。

高見沢が、どう、返事をしたらいいのか、戸惑っていると、田中は、笑って、

「今の時代、どこの出版社でも、出している雑誌は、だいたいが赤字ですけどね。まあ、ウチは、雑誌以外に、鉄道関係の、ＤＶＤなんかも出していて、それが、そこそこ売れているので、何とかやっていけてるんですがね。このままでは、ジリ貧です。そこで、僕が、編集長に、一つの提案を、したんですよ。この際、ウチで、新しい松本清張を作って、売り出そうじゃないかって、いったんです」

田中は、妙に、甲高《かんだか》い声で、しゃべる。

まだ、高見沢は、目の前にいる相手が、何をいおうとしているのか分からず、黙っていた。

「松本清張という作家は、知っていますよね？」

と、田中が、きく。

「もちろん、知っています」

「松本清張は『点と線』という鉄道ミステリーを書いて、一躍、ベストセラー作家になったんです。そこで、あなたにも、鉄道ミステリーを、書いてもらって、第二の松本清張になってもらいたい。僕は、そう、思ってるんですよ」

「僕は、まだ作家じゃありません。一冊の本も、出していないんだから」

「そんなことは、よく分かっています。僕が、あなたの書いた原稿を、読んでみると、かなりの才能があります。うまく行けば、ベストセラー作家になれる要素もあると、確信したんですよ」

「そうですかね。僕は、名前だって、売れていないし、何よりも、プロの作家として、やっていけるかどうかも分からないんですよ」

「いや、未知数だからこそ、いいんですよ。たしかに、失敗する可能性が、大きいが、逆に、大化けするかもしれないじゃないですか？　ウチとしては、今回は、あなたに、賭けてみようと、思っているんです」

「しかし、いったい、どうすればいいんですか？」

「あなたの経歴を、拝見しましたよ。静岡県の出身で、地元の、県立高校から東京のM大学経済学部に進み、卒業後は、静岡に帰って、地元新聞の記者をやっている。年齢は四十歳、独身で、妻子はいない。間違いありませんか？」

「間違いありません。正直に、書いたんですが、それが何か？」

「いい条件じゃありませんか？　妻子がいないんなら、半年でも一年でも、思う存分、書き下ろし小説の、執筆に打ち込めるじゃありませんか？」

「家庭は、ありませんが、僕には、一応新聞記者という仕事が、ありますよ」

「地方新聞の記者でしょう？　そんなものは、この際、すっぱりと辞めなさい。今辞めたとしたら、どのくらい退職金が、出るんですか？」

「出ることは出るでしょうが、小さな地方新聞ですからね。せいぜい三か月分くらいのものですよ」

「三か月分なら、それで十分ですよ」

と、田中は、勝手に決めてしまって、

「三か月分の退職金と、こちらの賞金百万円、それを、合わせれば、半年間は、仕事をせずに、小説を書けるんじゃありませんか？　とにかく、あなたに何とかして、第二の、松本清張になってほしい。そして、ウチで、ベストセラーを出したいんですよ。そうすれば、あなたも、儲《もう》かるし、ウチも、経営を立て直すことができる。やってみましょうよ」

田中は、相変わらず、甲高い声で、まくし立てた。

高見沢は、ただ、呆気《あっけ》にとられて、田中の話を、黙って、きいているよりほかなかった。

「僕に、田中さんが期待するような、売れる小説が、書けるかどうか分かりませんよ」

と、高見沢が、いうと、

「いや、大丈夫です。あなたには、作家になれる才能がありますよ。ただし、その小説が売れるかどうかを、判断する力は、あなたより僕のほうがずっと持っています。モチはモチ屋です。とにかく半年間頑張って、長編を、書いてください。書いている途中で、見せてください。それで、売れそうだと僕が思ったら、ウチで出版します」

「売れそうもなかったら、どうするんですか？」

高見沢が、きくと、

「その時は、ウチも、諦《あきら》めますよ。あなたも、自由にしてくださって結構ですよ」

と、田中は、無責任な言葉を吐いた。

「これから、僕は、どうすれば、いいんですか？」

高見沢が、きく。

「ここは、東京ステーションホテルです。松本清張は、このステーションホテルに部屋を取って、あの『点と線』を書いたといわれています。そこで、こちらで、勝手に、三階に、あなたのために部屋を取りました。部屋代を、払っておきましたから、その部屋に入って、まずストーリーを考えてください。ぜひ、頑張って、ベストセラーになるような面白いストーリーを、考えてほしいんです」

「やたらに、僕に期待しているというようなことを、いっていますが、そんな才能が、僕にあるかどうか、自信なんかありませんよ」

高見沢は、どうしても、弱気になってしまう。

初めて書いた短編小説で、賞をもらったが、高見沢は、まだ一冊の本も出していないのだ。

そんな高見沢のことを、田中は、じっと、見据えるようにして、

「やりましょうよ。あなただって、このまま地方新聞の記者で、一生を、終わりたくはないでしょう？」

「それはそうですが、僕は、もう、四十歳ですよ。新しいことに、チャレンジするほど、若くありません」

「何をいっているんですか、松本清張が世に出たのは、四十歳過ぎですよ。それに、地方新聞や、業界新聞の記者から、作家になった人は、何人もいるのです。とにかく、自信を持って、トライしてください。あなたなら、できますよ」

そういった後で、田中は、急に、立ち上がって、

「それでは、リザーブした三階の部屋に、ご案内します」

3

東京駅に合わせて、ステーションホテルもリニューアルして、真新しくなった。東京駅

は細長いので、当然、ステーションホテルも、細長い造りになっている。壁の白い大理石が、やたらに眩《まぶ》しい。

このホテルには、昔は、エレベーターもなかったというが、今は、ところどころに、エレベーターがある。

二人は、それを使って、三階に上っていった。エレベーターを降りると、目の前に、細く長い廊下が、続いている。百メートル以上はあるだろう。

一か所だけ赤い明かりがついているのは、そこにエレベーターがあるということらしい。

二人は、南口の方向に廊下を歩いていった。

田中は、部屋の鍵を、持っていて、部屋のドアを、開けた。

天井の高い部屋である。

「こっちに来て、下を見てください」

田中は、そういって、窓のカーテンを開けた。

高見沢がそこから見下ろすと、ちょうど丸の内南口の、コンコースが見えた。

改札口に入ってくる乗客もいれば、改札口から、出ていく乗客もいる。

また、ドームの四本の柱にもたれるようにして、誰かが来るのを待っている感じの男女の姿も見える。そうした乗客の動きを見ているのは、結構、楽しかった。

「どうですか？　なかなか、面白いでしょう？」

田中が、誘うように、いった。

たしかに、楽しい。相手は、こちらが、見ていることを、全く知らずに動いている。そこが面白い。

「二日間、ああいう光景を、見ていたら、きっと、面白いストーリーが浮かんできますよ。僕は、それに、期待していますからね。頑張ってください」

田中が、いった。

「もし、僕が逃げ出したら、どうするんですか？」

高見沢が、きいた。相手の一方的な、態度に反発したくなったのだ。

田中が、笑った。

「その時は、縁がなかったと思って、諦めますよ。どうぞ、地方新聞の記者で、一生を終わってください」

田中は、そんな捨て台詞《ぜりふ》を、吐いて、高見沢に鍵を渡して、部屋を出て行った。

4

高見沢は、ベッドに寝転んで、高い天井を見つめた。

田中という編集者は、一方的にいいたいことだけをいって、帰ってしまった。変な男だと思う。

今の高見沢には、作家になりたいという気持ちは、あまり強くなかった。たまたま「鉄道研究」という雑誌の懸賞小説に、応募したのは、作家になりたいという気持ちよりも、地方新聞の給料が安いので、小遣い稼ぎをしようと、思ったのである。

のどが渇いたので、高見沢は、さっきのロビーに下りていった。

ロビーに向かって、歩いていくと、壁に「点と線」が、載った雑誌のページが、コピーされて額に入れられて飾ってあった。その隣には、松本清張の写真も、並べられている。

(第二の松本清張か)

と、呟《つぶや》いてみた。

とても、そんな、自信はない。

高見沢は、ロビーで、アイスコーヒーを飲み、ケーキのモンブランを頼んだ。

気持ちが、落ち着いてくると、田中という若い編集者との会話が、だんだんバカらしくなってきた。

(まあ、最後は逃げればいいんだ。まさか静岡まで追いかけてきて、賞金の百万円を返せとは、いわないだろう)

簡単な夕食も済ませて、部屋に戻った。時間は、午後五時をすぎていた。

高見沢はすることもないので、窓から下を見下ろした。

相変わらず、改札口を、通って入ってくる乗客、出ていく、乗客の姿がある。

そのうちに、柱に、寄りかかっている、帽子をかぶった、一人の、若い女性が気になった。

上から見下ろしているので、帽子に隠れた顔は見えない。ただ、雰囲気から、二十代、あるいは、三十代前半の、若い女性だろうという想像はついた。

女性は時々、腕時計に、目をやっている。そんな仕草から察すると、おそらく、そこで、誰かと、待ち合わせをしているのだろう。

ほかにも、待ち合わせをしているらしい男女がいる。椅子がないので、たいていの男女が、柱に、寄りかかっている。

相手が来て、嬉しそうに、姿を消していく。

しかし、高見沢が、気になっている女性のほうは、相手が、なかなか現れないと見えて、長いこと、同じような姿勢で、柱に、寄りかかっていた。

高見沢は、そのうちに、見ていることに疲れて、ベッドに、転がった。そして、知らないうちに、眠ってしまった。

目を覚ますと、部屋の中が、暗くなっている。電気をつけるのを忘れて、寝てしまったのである。

窓から薄明かりが入っている。

高見沢は、部屋の明かりをつけてから、窓の下を覗いてみた。

(まだ、いる)

と、思った。

さっきの女性は、同じ柱に、寄りかかって、じっと、立っているのだ。

時計を見ると、あれから、二時間ほど経っている。

(相手が現れないのか。可哀そうに)

と、思う気持ちと、

(どうして、こんなに長く、人を、待っているのだろうか?)

と、思う気持ちが、高見沢の頭の中に、交錯した。

そのうち、高見沢は、見ていることに疲れて、シャワーを浴びると、寝間着に、着替えた。

その後、また、気になって、窓の下に目をやった。

(まだ、いる)

と、思った。

疲れたのか、彼女は、柱に寄りかかっているのではなくて、今は、その場にしゃがみ込んでいた。

しばらくの間は、その女性に同情したり、彼女を、待たせている、見知らぬ相手に対して腹を、立てたりしていたが、また眠くなり、高見沢は、今度は、ベッドに入って、本当に、寝てしまった。

5

高見沢は、嫌な夢を見た。

今勤めている、地方新聞社を、クビになってしまい、仕方がないので、一生懸命に小説を、書いているのだが、全く筆が進まないのである。

それなのに、ひっきりなしに、電話がかかってきて、田中と思われる男が、やたらに怒鳴って、早く書けと催促する。

そんな夢だった。

起きて、時計を見ると、午前一時である。

顔を洗い、カーテンが開けたままになっていた窓から、下を見下ろした。

(いくら何でも、もうあの女性は、人を待ってはいないだろう)

そう思ったのだが、そこに見えたのは、少しばかり、異様な光景だった。

女性が寄りかかっていた柱の周辺に、駅員が、数人立っていて、そこに、救急隊員の白い姿が二人、入っていく。

何か、事件があったらしい。

担架が運ばれてきて、人間を乗せて、改札口の方向に、運んでいく。担架の上の人物は、あの女性のように、見えた。

仰向けに、担架に乗せられているので、顔が、はっきりと、見える。いやに白茶けた、青白い顔だった。

あまりにも、長い時間だったので、待ち疲れて、倒れてしまったのだろうか?

駅員たちが、その担架を見送っている。たぶん、女性が、倒れてしまったので、駅員が、救急車を、呼んだのだろう。

救急隊員や担架が消えると、また元の、改札口や、ドームに、戻った。改札口を通って入ってくる乗客も、出ていく乗客も、もう少ない。

時間につれて、その数が、さらに減っていく。

どの乗客も、まっすぐ歩いていて、ついさっき、そこで、女性が倒れて、救急車で、運ばれていったことなど、誰も知らない様子だった。

いや、知っていたとしても、何の注意も、関心も払わないだろう。

（いつもと同じように、朝にはラッシュアワーが始まるんだ）

と、高見沢は、思い、同時に、

（このままだと、田中という編集者が期待しているような、ベストセラー小説は、書けそうもない）

と、思った。

6

駅長の谷村は、自宅にいるとき、電話で、事件のことを、知らされた。

谷村の家は、中野にある。毎日、中野駅からＪＲ東日本の中央線で、東京駅まで出勤しているのだ。

「丸の内南口のコンコースで、若い女性が一人、倒れていたので、今、救急車を、呼びました」

と、電話の向こうで、助役が、いった。

「何か病気かね？」

「それは、分かりません。声をかけても、返事がないので、病気だとしたら、かなりの重体ではないかと、思います」

「丸の内南口の、コンコースに倒れていたというのは、間違いないのかね？」

「はい、間違いありません」

「それで、どこの誰か分かったのか？」

「まだ、分かりませんが、とにかく、病院に運ぶことが、先決だと思い、救急車を要請しています」

助役が、繰り返した。

朝、その現場で、谷村は、助役から、詳しい事情をきいた。

「この柱に、寄りかかるようにして、女性が、倒れ込んでしまっていたんです。首を、こんなふうに、倒しまして、動こうとしなかったので、駅員が、心配をして、声をかけたのです。それが、午前一時数分前だったそうです。声をかけても、何の返事もなく、そのうちに、倒れてしまったんです。顔を覗き込んだら、血の気がなかったので、慌てて、救急車を呼んだと、駅員が、いっています」

「救急車で、どこの病院に、運んだのか、分かっているのかね？」

谷村が、きいた。

「銀座のK病院です。救急隊員に、この後、どうなったか分かったら、すぐ知らせてくれるようにいってあります」

話しているうちに、助役の携帯が、鳴った。

助役は、谷村に向かって、小声で、

「病院からです」

と、いってから、電話に、向かって、

「そうですか。それで、女性は、どうなりましたか？」

と、きいている。

「えっ、彼女、亡くなったんですか？　本当ですか？　それでは、詳しいことが、分かりましたら、また知らせてください。お願いします」

それで、助役は、電話を切った。

「ダメだったのか？」

谷村が、きく。

「病院に着いた時には、すでに、亡くなっていたそうです」

「とにかく、東京駅の中で、亡くなったのだから、詳しいことをきいて、業務日誌につけておくようにしたまえ」

その後、谷村は、いつものように、東京駅の中を、一回りしてから、駅長室に戻った。

どうにも、スッキリしない気持ちだった。とにかく、東京駅の中で、死人が出てしまったのだ。今のところ、駅側には、責任がないとしても、どうしても気が重くなってしまう。

それが、昼近くなると、さらに、谷村は、重い気分に、なってしまった。

警視庁から、捜査一課の刑事たちが、やって、来たからである。

どうやら、問題の、女性の死は、ただの病死などでは、なかったらしい。

捜査一課の刑事たちは、女性に、最初に、声をかけた駅員から、話をきいている。駅長である谷村は、立場上、それに、立ち会うことになった。

警察側の責任者は、捜査一課の十津川《とつがわ》という警部で、谷村に、警察が入った事情を説明してくれた。

「銀座のK病院から、警視庁に連絡が入りましてね。東京駅の、丸の内南口から救急車で、運ばれてきた女性が死亡した。ところが、死因が、青酸カリによる、中毒死と思われるので連絡したと、そういうのですよ。自殺の線も考えられますが、わざわざ、東京駅までやって来て、そこで、青酸カリを飲んで、自殺するという人間がいるとは、考えにくいのです。それで、殺人事件の可能性が高いとして、われわれ捜査一課が捜査を始めることになったんです」

「それで、女性の身元は分かったんですか？」

谷村が、きく。

「持っていた身分証明書から、長谷川《はせがわ》千佳《ちか》さん、三十歳と分かりました。住所は、杉並区内の賃貸マンションですが、勤務先は、新宿区内の、法律事務所になっています。今、刑事たちが、杉並のマンションと、新宿の、法律事務所に確認しに行っています」

「病死ではなく、殺人だというのは、間違いないんですか？」

「まだ殺人だと断定したわけではありませんが、殺人の可能性が、高いと見ています」

十津川が、いった。

「何か、こちらで、協力できることが、ありますか？」

谷村が、きいた。

「現在、被害者の、長谷川千佳さんの遺体は、司法解剖に回されていますが、被害者が、東京駅で何をしていたのか、誰を待っていたのか、何時頃から、ここにいたのかなどを知りたいんです。何かを、ご存じの駅員がいたら、協力していただきたいと思います」

「分かりました。駅員たちにきいてみましょう」

駅員の誰かが、被害者の女性を、覚えているかもしれない。何時頃から、ここにいたかが、分かれば、警察の捜査の参考に、なるかもしれない。

駅員の一人が、柱に寄りかかって座り込んでしまっていた被害者に、声をかけたのが、午前一時数分前である。

しかし、それ以前に、被害者を見たという駅員は、なかなか、見つからなかった。

もちろん、南口コンコースを通過していった乗客は、何十人、あるいは、何百人かいたに違いないが、その中から、意識して被害者を見たという人間を、見つけ出すことは難しかった。

そこで、谷村は、現場近くに看板を、立てることにした。

「このコンコースで、三十歳の女性が、不慮の死を遂げました。彼女を目撃した方は、ぜひ名乗り出てください」

という看板である。

7

高見沢は、四階の、食堂にいた。

ステーションホテルの客室は、二階から四階の一部だが、屋根の下に、広い、空間がある。そこを、食堂に、改装したのである。

四階までエレベーターで上がると、すぐ、食堂の入口に、なっている。

屋根の下の広い空間を食堂に変えたので、普通の食堂という感じはなかった。とにかく、天井が高くて、その天井が斜めになっている。そこから、明かりが入ってきて、やたらに明るい食堂である。

高見沢が食事をしていると、周りのテーブルから、いろいろな声が、きこえてくる。その多くが、丸の内南口コンコースで死んでいた若い女性の話である。

まだ、ニュースにはなっていないので、いいかげんな話が、飛び交っていた。

「亡くなったのは、若い女性なんですって。何でも、改札口を通って、コンコースに入ってきたら、いきなり、若い男に、ナイフで刺されたそうよ」

「怖いねえ。この頃、意味もなく、ナイフで人を、刺すような事件が、増えているからね」

「それでも、まさか、東京駅の中で刺されるなんてねえ」

「今でも、現場に行くと、血の跡があるそうだ」

「さっき、パトカーのサイレンをききましたよ。何でも、警視庁が、乗り出したんですって」

「それじゃあ、間違いなく殺人事件だね。本当に、怖いね」

そんな話が、ばらばらに、高見沢の耳に、きこえてくる。

そんなウワサや、いいかげんな話を、ききながら、高見沢は、食事を済ませ、コーヒーを口に運んだ。

パトカーが来たのは、知っていた。だから、間違いなく事件なのだ。そのことを、どう受け取ったらいいのか、高見沢は、迷っていた。

高見沢は、携帯を、取り出して、ニュース番組を見ることにした。さっきから時々、ニュース番組を、見ているのだが、まだ、東京駅で起きた殺人事件のことは、ニュースになっていないのである。

それがやっと、ニュースに、なった。

「深夜、東京駅丸の内側南口のコンコースで発見された、長谷川千佳さん、三十歳は、その後、青酸カリによる、中毒死と判明、警察は、殺人の可能性が、高いと見て、捜査を開始しました」

ニュースは、それだけだった。

テレビを消すと、今度は、携帯が、鳴った。

「もしもし」

と、高見沢が、応じると、いきなり、

「今、どこです？」

甲高い声が、飛び込んできた。

あの、田中という編集者だと、すぐ分かった。

「今、ステーションホテルの食堂にいます」

「東京駅で、若い女性が殺されたニュースを見たでしょう？」

「ええ、今、ちょうど、それを、見ていたところですが」

「幸先が、いいじゃありませんか」

田中は、いかにも、不謹慎な言葉を、口にした。

「幸先ですか？」

自然に、高見沢の口調が、重くなってしまう。

しかし、田中のほうは、やたらに、元気がよくて、

「あなたは、ツイているんですよ。あなたは、東京駅の、ステーションホテルに、泊まった。そうしたら、その東京駅で、いきなり人が亡くなったんですよ。しかも、あなたの部屋の窓の下が、現場だ。ニュースによれば、他殺の可能性が高いと、警察は見ている。どうですか？」

「どうですかって、いったい、どういうことですか？」

「だって、実際に、事件が、起こったんですよ。これでもう、小説の書き出しが、決まったじゃありませんか？」

「書き出しが、決まったっていわれたけど、まだ一行も、書いてませんよ。第一、僕は、まだ一冊も、本を出したことがない素人ですよ。それを分かってくれませんか？」

と、高見沢が、いった。

「もちろん、そんなことは、百も、承知です。とにかく、あなたは、ツイているんです。おかげで、こちらも、元気が出ましたよ。うまく行けば、面白い小説が、書けるはずですよ。ノンフィクションとも、フィクションともつかない、面白い小説が、書けるじゃあり

ませんか？　とにかく、今から、そちらに行きます」

田中は、勝手に、電話を切ってしまった。

（参ったな）

と、高見沢は、思った。

高見沢の、気持ちなど一切構わず、十五、六分もすると、また、携帯が鳴った。

「田中です。今、一階のロビーにいます。すぐ、来てくださいよ」

と、田中が、いう。

仕方がないので、高見沢は、昨日のロビーに下りていった。

再会すると、田中は相変わらず、興奮して、しゃべりまくる。

「これで、もう大丈夫ですよ。松本清張は、実際の事件を見て『点と線』を書いたわけではないんです。その点、あなたは、このステーションホテルに、泊まっていて、実際の事件にぶつかった。それだけでもラッキーですよ。これを、持ってきました」

田中は、一冊の文庫本を、高見沢の前に、置いた。

表紙を見ると、松本清張の『点と線』である。

「今、気がついたんですがね、あなたの文章は、松本清張に、似ているんですよ。大変読みやすく、説得力がある。それだけでも、あなたにはプラスです。そうだ。あと二日間、延長して、ステーションホテルに、泊まってくださいよ。事件が、どう動くのか、それを、確認してから、静岡に戻って、いい小説を、書いてください」

と、田中が、いう。

「そんなに、留守にしていたら、会社を、クビになってしまいますよ」

と、高見沢が、いった。

「今さら、クビになったって、もう、いいじゃありませんか？　たかが、静岡の地方新聞でしょう？　それよりも、東京に、出てきてくださいよ。そして、ベストセラーを、書いてくださいよ」

田中は、一人で、勝手に、まくし立てると、コーヒーを飲み終わった高見沢を、さっさとホテルのフロントまで、連れていって、延長を決め、その分の料金を、支払って帰ってしまった。

8

駅長の谷村は、丸の内南口のコンコースで起きた事件のことは、助役の一人に任せて、二日後に迫っている、東京駅のコンサートについて、演出を頼んでいる演出会社に、連絡を、取った。

その演出プランをきいて、それに備える必要が、あったからである。

今までのところ、エキコンでは、コンコースに、五百脚の椅子を用意し、それに、ちょっとした舞台装置も作っている。今回は、どうするのか、コーディネイトを頼んでおいた、専門の演出会社の話をきくことにした。

すぐ、四谷にある演出会社から、社員が二人、やって来た。その社員は、話題の四重奏楽団の四人の演奏者が、福島に行った時、向こうの会場の設営を、担当したという人間である。

谷村は、コンサート自体は、ほかの助役に任せることにしているので、演出会社の社員と、その助役とをまじえ、四人で、会場になる丸の内北口のコンコースに行き、そこで説明をきいた。

「四人の女性は、いずれも、若くて美人ですから、できれば、赤いじゅうたんを敷いて、明るく華やかにやりたいですね」

と、演出会社の社員が、いい、もう一人が、

「コンサートの進行や、四人の紹介などは、中央テレビの、女性アナウンサーが、引き受けてくれることに、なりました」

そのアナウンサーは、谷村でも名前を知っている、女性アナウンサーである。だいたいの話をきき、写真を見たあと、細かい打ち合わせは助役に任せて、谷村は、駅長室に引き返した。

机の上には、今日起きた、殺人事件について、助役が書いた日誌が置いてあった。それに目を通していると、ふと、谷村は、不安に襲われた。

四月五日の東京駅コンサートのことである。今までは、何の心配も、していなかったのだが、突然、殺人事件が起きてしまったので、それが、不安のタネになってくるのである。

(事件が起きたのは、丸の内南口のコンコースだ。四月五日のコンサートは、同じ丸の内でも、北口のコンコースだから、影響はないだろう)

谷村は、自分に、いいきかせた。

殺人事件以外に、東京駅の中で、問題は起きていなかった。全ての列車が、順調に、発着している。

その時、急に、自分の携帯が、鳴ったので、谷村は、ドキッとしたが、電話をしてきたのは、妻の八重子《やえこ》だった。

「さっき、ニュースを見たんですけど、東京駅で、何か、事件があったみたいで、大丈夫なんですか？」

八重子が、心配そうな声で、きいてくる。

「大丈夫だ。別に、何ということもない。すぐに、解決するよ」

「それならいいんですけど」

「これは警察が調べるんだから、お前が心配することじゃないよ」

といって、谷村は、電話を切った。

(心配したら、きりがない)

と、谷村は、自分に、いいきかせた。

それでも、やはり何となく、気になってしまう。

かつての関東大震災の時でも、東京大空襲の時でも、東京駅では、一人の死者も、出さなかった。

しかし、大きな事件が、全く起きていないわけではなかった。

一九二一年(大正十年)には、誰でも知っている事件が起きている。その年の十一月四日に、時の首相原敬《はらたかし》が、東京駅で暗殺されているのである。

実はもう一件、こちらのほうは、あまり知られていないが、東京ステーションホテルでも、暗殺事件が起きていた。

同じ年の、大正十年二月十六日に、ステーションホテルに、泊まっていた朝鮮時事新報社の社長が、暗殺されているのである。

谷村は、小さく、頭を振った。どうも、暗いことばかりを考えていると、落ち込んできてしまう。

駅長である谷村にとって、いちばん、楽しいのは、列車が、時刻表通りに、発車していくのを、見ることだった。

谷村は、駅長室を出ると、東北新幹線のホームに向かって歩いていった。三月十六日から、東北新幹線を走る「スーパーこまち」が、時速三百二十キロに、挑戦している。その、新しい車両を見れば、気持ちが、晴れるだろうと思ったのだ。

第二章　二日前

1

駅長の谷村が、東京駅の二十二番線ホームに上っていくと、すでに秋田新幹線「スーパーこまち十五号」が入線し、乗客が乗り込んでいた。

秋田行きの「スーパーこまち十五号」は、七両編成である。その「スーパーこまち十五号」に、十両編成の新青森行きの「はやぶさ十五号」が連結されている。盛岡で、この二つの列車は、切り離される。

「スーパーこまち」の先頭は、赤く塗られている。まるで、細長い赤色の、くちばしのように見える。

くちばしの長い赤い鳥のようにも、見えるし、くちばしの赤い、カモノハシのようにも見える。

駅長の谷村は、しばらくの間、全部で十七両と長い「スーパーこまち十五号」プラス「はやぶさ十五号」を、眺めていた。

駅長姿の谷村に気がついた乗客がいた。おそらく、「スーパーこまち十五号」を見送りに来たらしい母親と五歳くらいの男の子の親子で、谷村に、近寄ってくると、

「駅長さんですよね？　すいませんが、息子と一緒に、写真を、撮らせていただけませんか？」

と、谷村に、いった。

「ええ、喜んで」

谷村が、いうと、「スーパーこまち十五号」をバックに、子供と並ばされ、携帯で何枚も、写真を撮られた。

そうしている間に、十一時五十六分発の「スーパーこまち十五号」が、ゆっくりと動き出した。

その瞬間、母親は、子供の手を引っぱって、いきなり、動き出した「スーパーこまち十五号」に向かって、手を、振り始めた。たぶん、その母子の知り合いが「スーパーこまち十五号」に、乗っているのだろう。

谷村は、母親の行動に一瞬、呆気に取られてしまったが、駅長室に戻ることにした。

駅長室の自分の席に、つくと、携帯電話に留守電が入っていた。警視庁捜査一課の、十津川警部からである。

谷村は、録音されているメッセージをきいてみた。

「捜査一課の十津川です。東京駅の構内で青酸中毒死をしていた、例の、若い女性の件ですが、あのコーナーを、写している監視カメラの映像を、もう一度、見せていただきたいのです。これから、刑事を二人、そちらに、行かせますので、よろしくお願いします」

三十分ほどすると、十津川の部下だという捜査一課の刑事二人が、やって来た。一人は、三田村《みたむら》という、男の刑事で、もう一人は、北条早苗《ほうじようさなえ》という、女性の刑事だった。いつも二人で、コンビを組み、事件の捜査をしているという。

谷村は、助役に立ち会わせて、その二人の刑事に、監視カメラの映像を、見せることにして、

「もし、何か、分かったら、私たちにも教えてください」

二人の刑事に頼んだ。

東京駅の構内で起きたことは全て、駅長という立場上、きちんと把握しておきたいと、谷村は思っていた。

一時間ほどして、二人の刑事が、監視ルームから、駅長室に戻ってきた。

谷村は、女性の部下に、コーヒーを、用意させて、自分も、それを飲みながら、二人の刑事に質問した。

「どうですか、何か、参考になりそうなことが分かりましたか？」

「被害者の、女性ですが、最初は立ったままで、ドームの円柱に、寄りかかって、誰かが来るのを待っているように、見えますが、その後、疲れたのか、円柱の根元に、もたれかかってしまいました。問題は、その後です。死んでいることが分かって、大騒ぎになるまでの間、彼女に近づいたカップルが、いました。若いカップル一組です」

三田村は、その場面をプリントアウトしたものを、谷村に見せた。

カップルは、カメラのほうから、しゃがみ込んでいる女性に、近づいているので、背中は写っているが、顔は、はっきりとは、分からない。それでも、動作から、若いカップルだと想像できる。

動画のほうを見ると、そのカップルは、しゃがみ込んでしまっている、被害者の女性、長谷川千佳に近づいていき、相手の顔を、覗き込んでいるように見える。

二、三分すると、カップルは、手を振りながら、立ち去っていった。

残った長谷川千佳は、相変わらず、円柱にもたれかかったままで、その場に、しゃがみ込んでいるが、その手に何か、缶のようなものを持っているのが、見えた。

カップルが近づく前には、そんなものは、持っていなかったから、おそらく、彼女に近づいた若いカップルが、手渡したものだと、想像できる。

長谷川千佳は、一人になると、のどが渇いていたのか、その缶を、開け、何か液体を、口の中に、流し込んでいる。

次の瞬間、小さく、痙攣《けいれん》すると同時に、長谷川千佳は、その場に、横倒しになってしまった。

しかし、誰も気がつかないし、声をかける者もいない。しばらくしてからやっと、駅員が慌てて駈けつけ、救急車が呼ばれ、騒ぎになった。その光景は、複数の人間が、目撃している。

「彼女が、病院に運ばれたあとで、そこに残っていた缶コーヒーを、調べたところ、その中に、青酸カリが、混入されていたことが、分かりました。司法解剖の結果、死因も青酸カリによる中毒死であることが判明したので、殺人の可能性が高いと判断し、われわれ警視庁捜査一課が、捜査をすることになったのです」

三田村刑事が、説明する。

「それで、この女性は、どんな仕事を、やっていたんですか？」

谷村が、きいた。

「彼女は、長谷川千佳といい、現在三十歳、独身です。最近まで新宿区内の法律事務所に、勤めていました。その後、彼女は、転職をして、民間の団体、『世界平和の誓い』という、グループで、働いていたことがわかりました。そのグループに、電話をして、彼女のことを、きいてみましたが、ウチの団体のメンバーの一人として、世界平和に、貢献していますと、説明されました」

と、北条早苗刑事が、いった。

「なるほど、世界の平和に貢献するですか」

と、谷村は、つい、皮肉っぽい目つきになってしまう。世界平和と青酸中毒死では結びつかないと感じたのだ。

しかし、北条早苗という、女性刑事のほうは、表情を変えずに、

「そういう、もっともらしい、スローガンを掲げている民間団体というのは、意外と多いのですよ」

「それで、彼女は、どうして、東京駅にいたんでしょうか？　ビデオの映像を見る限りでは、誰かを、待っているように見えたんですが、誰を、待っていたのかは、分かったんですか？」

「彼女が所属している団体に、電話をかけた時、そのことも、確認してみたのですが、この日、彼女は、休みのはずで、どうして、彼女が東京駅にいたのかは、分からない、こちらが教えてほしいくらいだという、そんな返事でした」

「いったいどこの誰が、何のために、缶コーヒーの中に、青酸カリを入れて、彼女に飲ませたのでしょうか？　それは、分かったんですか？」

谷村が、きく。

「その点についても、彼女が、所属している団体に、確認してみたのですが、相手は、ウチの職員が、誰かに、命を狙われるようなことは、全く、考えられませんといっていました」

「その団体というのは、現実に、何をしている団体なんですか？『世界平和の誓い』という名前からすると、平和運動を、することを目的とした団体なんでしょうか？」

「われわれは、その団体から、設立の趣意書をもらってきて、読んでみました。それによると、世界平和の、実現を目的にしているということで、例えば、世界のどこかで、災害が起こると、その国、あるいは、その地域に、出かけていって、ボランティア活動をする。そう書いてありました。また世界平和に反対するような団体などには、抗議運動をしたりもすると」

と、三田村刑事が、いった。

「そうですか。それでは、その団体の事務所がどこにあるのかを、教えていただけませんか？　東京駅の構内で起きた事件なので、駅長の私にも、責任がありますから」

と、谷村が、いった。

三田村刑事と北条早苗刑事は、谷村の差し出したメモ帳に、相手の団体名「世界平和の誓い」と、事務所のある、池袋駅近くのビルの名前、住所、電話番号を、書いてくれた。

2

二人の刑事が帰った後、谷村は、助役を呼んで、刑事たちが話してくれたままを、伝えた。

「駅のドームで、倒れていて、その後亡くなった若い女性がいただろう？　彼女が、所属していた、今流行《はや》りの、民間のボランティア団体『世界平和の誓い』という名前や事務所の場所を、今、警視庁の刑事が来て、教えてくれた。君たちも、このボランティア団体の名前を、眼にしたら、私に、すぐ教えてくれ」

夜になって、四月五日の、エキコンのポスターが、でき上がってきた。四人の、若いアメリカ人女性による、四重奏のコンサートのポスターである。

谷村は、部下の社員の一人を呼び、十枚のポスターを渡した。

「これを、構内の目立つ場所に、貼っておいてくれ」

部下の社員は、ポスターを見て、

「後援は、アメリカ大使館、東京駅と文化庁になっていますね？」

「そうだよ。アメリカ政府が派遣してきた若い女性四人だけの、四重奏楽団で、現在、東北地方の、被災地で、無料の演奏会を、開いている。何でも、四人とも大の鉄道ファンで、日本を離れる前に、新しくなった東京駅で、無料の、コンサートをやりたいということなんだ。世界的にも大変人気のある楽団らしいから、文化庁も後援しているし、私も、演奏をきくのを楽しみにしているんだ」

「私も楽しみです。ぜひ、演奏を、ききたいですね」

と、部下の社員が、いい、ポスターを抱えて、駅長室を出ていくのと同時に、駅長室の電話が鳴った。

3

谷村が電話に出ると、男の声が、いった。

「駅長か？」

「ええ、そうですが」

「何でも、アメリカの、若い女性四人による四重奏楽団を呼んで、東京駅でコンサートを、四月五日に開くことになっているらしいが、われわれは、そうした、アメリカ帝国主義の宣伝になるようなことを開催することは、絶対に、許すことができない。東京駅といえば、日本の顔ではないか？　そんなところで、なぜ、アメリカ帝国主義の、お先棒をかつぐようなコンサートを、やろうとするのか？　すぐ、中止のポスターを、出したまえ。もし、それが、できないのなら、われわれは、東京駅のどこかで、爆弾を爆発させて、コンサートを、中止させなくてはならなくなる。そのことを駅長であるあんたに、事前に、知らせておく。これは、ウソでも、イタズラでもない。もし、われわれの忠告を、無視して、コンサートを強行すれば、せっかく、きれいになったばかりの東京駅の半分は、吹き飛ぶことに、なるだろう。それを考えて、今から、アメリカ人女性たちのエキコンなど、ただちに、中止にすることだ。もし、この忠告をきくなら、中止を知らせるポスターを、東京駅の構内に、掲示すること、新聞、テレビを、使って、中止を一般に知らせること。今から、この二つのことを、やれば、われわれは、東京駅を、爆破するようなことはしない。われわれも、復元された、東京駅が好きなのだ」

4

男は、それだけいうと、一方的に、電話を切った。

電話が切れたあとも、谷村は、しばらくの間、受話器を、持ったまま、天井を、じっとにらんでいた。

何とも皮肉である。谷村は、たった今、部下の社員に、エキコンの、ポスターを十枚持たせて、駅構内の、目立つ場所に貼るように、指示をしたばかりである。

当然、今頃、その社員は、駅構内を歩きながら、一枚ずつポスターを、貼っていることだろう。

それなのに、電話をかけてきた男は、四月五日のエキコンを、中止しろといっている。

谷村は、しばらく考えてから、助役たちを、全員、駅長室に呼び集めた。

男の脅迫電話は、途中から、レコーダーに録音されていた。駅長室の電話には、不審な、電話や、クレームの電話が、かかってきた時、それに対処するために、すぐに、録音できるようになっており、谷村が、録音ボタンを押したからである。電話全体の四分の三くらいは、録音されているはずだった。

まず、谷村は、できあがったばかりのエキコンのポスターを、集まった助役たちに見せてから、

「部下に、このエキコンの、ポスターを持って、駅構内の、目立つ場所に貼るよう指示を出した後、この脅迫電話が、かかってきたんだ。エキコンを中止しろ。強行するなら、東京駅を爆破すると、脅かしてきている。私一人の判断では、どうしたら、いいか分からないので、集まってもらった。君たちの意見を、きかせてほしい」

「私たちが、意見をいう前に、駅長は、どうお考えになっておられるのか、それを、きかせていただけませんか？」

助役の一人が、いった。

「もちろん、私は、やるつもりだよ。こんな脅迫電話に負けて、コンサートを、中止するわけにはいかないだろう」

「私も、エキコンは、中止すべきではないと思います。ただ、会場は駅の構内ですから、

警備が、難しいと思うのです。駅長は、警察に警備を、頼むおつもりですか？」

「警察に、警備を頼むかどうか、それも、君たちに、考えてほしいんだよ。どちらがいいかな？　警察に、警備を頼んだほうがいいのか、それとも、駅員の何人かを、警備に回すほうがいいのか、君たちの意見をききたい」

しばらく、意見の交換をした後で、決を採ると、警備を、警察に頼んだ上で、コンサートは、予定通り、実施すべきだという意見が多かった。

谷村は、警視庁の十津川警部に、電話をして、四月五日に構内で、エキコンを開くこと、四人のアメリカ人女性による四重奏楽団のこと、コンサートを中止しろという脅迫電話があったことを、知らせた。

すでに、午後九時を過ぎていたが、十津川警部と、亀井《かめい》刑事の二人が、東京駅に、駈けつけた。

谷村はまず、録音した脅迫電話を、二人の刑事に、きいてもらった。その後で、部下に貼らせたポスターを、十津川たちに、見せることにした。

「この脅迫電話の声に、きき覚えがありますか？」

十津川が、きいた。

「いいえ、全く、ありません。きいたことのない声です」

と、谷村が、いった。

「谷村さんの部下が、その、ポスターを駅構内に貼ろうとしている時に、その電話が、かかってきたんですね？」

「そうです」

「それでは、犯人は、このポスターを見てから、脅迫電話を、かけてきたわけではないんですね？」

「そう思います。アメリカから、来日して、東北の被災地を、回っている女性ばかりの四重奏楽団のことは、かなり前から、新聞にも載っていて、記事の中では、帰国前に、東京駅で、無料コンサートを、開催することも、紹介されていましたから、犯人は、前々から、知っていたはずです」

「それで、谷村さんは、東京駅の駅長として、このコンサートを、中止するつもりは、ないわけですね？」

これは、亀井が、きいた。

「ええ、ありません。今のところ、予定通り開催しようと、思っています。何しろ、日本政府が、後援している四人ですし、東北の被災地で、四日間にわたって演奏旅行を続けてきた四人が、アメリカに帰国する前に、東京駅でコンサートをやりたいと希望してるんですから、今になって、脅迫電話が怖いから中止にするということは、考えられません」

と、谷村が、いった。

十津川は、壁にかかっている、カレンダーに目をやってから、

「今日が四月三日ですから、コンサートが開かれるまで、あと、二日あるわけですよね？」

「そうです」

「それでは、その間に、われわれは、脅迫電話をかけてきた人物について、調べてみます。もし、何者か分かれば、逮捕できますから」

十津川と、亀井刑事は、録音された脅迫電話の録音データと、コンサートのポスターを、持って帰っていった。

5

十津川は、狙われた相手が、アメリカ政府から、派遣されたアメリカ人女性四人による、四重奏楽団ということから、犯人が外国人である可能性も否定できないと考え、問題の録音データを、捜査四課の刑事、そして、公安調査庁の人間にきいてもらった。

しかし、問題の録音データをきいた、捜査四課の刑事も、公安調査庁の人間も、脅迫電話の男の声は、初めてきくもので、きき覚えはないといった。

それでも、十津川は、捜査四課の、中村《なかむら》警部と、何人かの、公安調査庁の職員に、残ってもらい、

「皆さんから見て、この犯人は、どんな人間だと、思われますか？　狙われているのは、アメリカ政府から、派遣された四人の女性の演奏家たちです。そのことで、反米を、標《ひょう》榜《ぼう》するような、グループの人間の仕業という可能性も、否定できないと思うのですが、そう考えても、いいでしょうか？」

公安調査庁職員の阿部《あべ》は、

「もし、電話の主が、反米思想の持ち主だとすれば、こうした、電話をかけてくることなく、東京駅の構内でコンサートを、やらせておいて、その現場に、いきなり爆弾を、投げつけるのではないかと、私は思います。そのほうが、宣伝効果もありますから」

「最近の反米運動というと、どんなものがありますか？」

と、十津川が、きいた。

同じく公安調査庁職員の野中《のなか》が、

「最近は、アメリカ本国の、警備がひじょうに厳重に、なっているので、もっぱらアメリ

カと友好関係を、結んでいる国の大使館を攻撃したり、アメリカと、その国の合弁会社に、爆弾を投げ込んだりするケースが、増えていますね。もちろん、無警告にです」

「すると、日本は、アメリカの友好国ですが、日本で、テロ攻撃が行われる確率というのは、大きいんですか？　それとも、小さいんですか？」

十津川が、きいた。

「その可能性は、小さいと、思いますね。今までにも、日本国内でアメリカ大使館が爆破されたとか、アメリカ人を誘拐したというような事件は、起きていませんからね」

と、野中が、いう。

「そうすると、この脅迫電話が、即反米的な、行為とは、考える必要はないということですか？」

「そうですね、冷静に判断して、この、脅迫電話が、反米テロに結びつく可能性は、ほとんどゼロに、近いと思います」

阿部が、いった。

そうすると、今回の脅迫電話の主は、いわゆる、思想犯ではなく、個人的に、四月五日のコンサートが、気に入らないので、中止するようにと、東京駅の駅長に、脅迫電話を、かけてきたのだろうか？

いずれにせよ、コンサートまで、あと二日しかない。徹底的に、調べてみなければならないだろうと、十津川は、思った。

6

高見沢明彦は、あと三日、ステーションホテルに、泊まることにした。

といっても、泊まることにしたのは、高見沢本人が、決めたわけではなくて、彼に、ベストセラー小説を、書かせようとしている「鉄道研究」という雑誌を発行している、出版社である。

担当の、田中勇作という編集者は、高見沢に、東京駅を、舞台にしたミステリー小説を書かせ、第二の松本清張になってもらいたいという。そのために、ステーションホテルに泊まって、ベストセラーとなる小説のストーリーを、考えるようにといわれているのだが、高見沢には、そう簡単には、田中が喜ぶようなストーリーは思い浮かばないのである。

そこで、高見沢は、食事を、済ませた後、小説のネタを、探すために、東京駅の構内を歩いてみることにした。

歩いていると、高見沢は、ところどころに、昨日は、見当たらなかったポスターが貼ってあることに、気がついた。

アメリカ政府から、派遣され、東北の被災地を回っていた若いアメリカ人女性の四重奏楽団の、無料コンサートが、四月五日に東京駅の構内で、行われるというポスターである。東京駅と文化庁、そして、アメリカ大使館の、後援になっている。

ポスターには、今まで四日間、東北地方の被災者を慰める演奏旅行をして、四月五日に、東京駅で、無料のコンサートをやるということが強調されていた。

コンサートの会場になるドームには、折り畳みの椅子が、いくつも、用意されていた。観客は、この折り畳みの椅子に、腰を下ろして、若い女性の四重奏をきくことになるのだろう。

高見沢は、駅のコンサート、いわゆるエキコンというものを、今まで一度も、見たことがなかった。

高見沢は、出版社から、ステーションホテルに、泊まって、東京駅を舞台にしたミステリー小説を書くように、いわれている。正直なところ、あまり、乗り気ではなかったのだが、華やかな若い女性四人によるエキコンのポスターを見ていると、不思議に、小説を書いてみたくなってきた。

もう一つのドームのほうで、死んでいた若い女性と、こちらのドームで、コンサートをやる華やかな四人のアメリカ人女性のそれぞれを、対比的に、描いていけば、面白いミステリーが、書けるかもしれないという考えが、少しずつだが、大きくなりつつあった。

歩き疲れて、高見沢は、部屋に戻り、ベッドに転がっていると、それを見すかしたように携帯が鳴った。

田中だった。

「今、どこにいるんですか？」

田中が、きく。

「部屋にいますよ。小説のネタを探して、駅の構内をあちこち、歩き回って疲れたので、部屋に戻ってきて、休んでいるところです」

高見沢が、答えた。

「それで、何か、小説のネタになりそうなものが、見つかりましたか？」

「駅の構内に、何枚かの、ポスターが貼ってありましてね。何でも、アメリカからやって来た、四人の女性演奏家が、エキコンと称して、四月五日に、四重奏の演奏を駅のドームでするそうなんです」

「それで？」

「昨日と、変わったところといえるのは、今のところ、それだけでしたね。これが何か、小説のネタになるのではないかと、さっきから、考えているんですが」

「エキコンなんて、小説のネタにはなりませんよ。第一、私が、あなたに書いてもらいたいのは、東京駅を舞台にした恋愛小説ではなくて、ミステリーなんですからね。それを、忘れないでくださいよ」

田中は、少しばかり、怒ったような口調でいう。

「そんなエキコンのことより、例の、駅の構内で、死んでいた若い女性の件ですが、警察が調べたところ、青酸カリを、飲んだことによる中毒死だということが、分かったそうですよ。こちらのほうが、ミステリーのネタになるんじゃ、ありませんかね？」

「そうですか」

「警察は、殺人の可能性が、あると見て、捜査を、開始したようです」

「殺人事件なら、私も書きやすいですよ。それじゃあ、そのテーマで、いってみましょうか？」

と、高見沢が、いうと、

「高見沢さん、そんなバカなことを、いっちゃ困りますよ」

また、田中が、不機嫌な声になった。

「何が、バカなことなんですか？　警察だって、殺人事件だと見て、捜査を、開始しているんでしょう？」

「たしかにそうですがね。警察の見方と同じことを書いたって、読者は、喜んでくれませんよ。どうせ、あちこちの、週刊誌が、ドキュメントとして、書くに決まっていますからね。私としては、この事件を題材にした小説を書くとしても、あなたには、警察とは違った、別の視点から、書いてもらいたいんですよ」

「警察と違った視点って、いったい何ですか？　どんなことを考えたらいいんですか？」

「私に、きかないでくださいよ。それは、作者である高見沢さん、あなたが、考えることですよ。とにかく、読者が、あっと、驚くような、誰も、考えつかなかったユニークな、ストーリーを考えて、小説にしてくださいよ。ベッドで、ゴロゴロしてばかりいないで、ちゃんと、考えてくださいよ」

ハッパをかけるように、田中が、高見沢に、いった。

「僕は、ゴロゴロしてばかりなんかいませんよ。田中さんに、いわれたように、ちゃんと、考えていますよ」

高見沢が、ムッとして答える。

「しかし、寝ぼけ声を、出しているじゃありませんか？　部屋を出て、下のロビーに行って、コーヒーでも飲んで、頭をスッキリとさせて、ストーリーを、考えてくださいよ。一時間後に、そちらに、行きます。それまでに面白いストーリーを、考えておいてくださいよ。こっちだって、あなたを、一人前のミステリー作家に育てるよう、社長から、強く、いわれているんですからね。お願いしますよ」

田中は、電話を切った。

田中の声は、いつも、甲高い。しばらくの間、その甲高い声が、高見沢の頭の中に、残っていた。

高見沢は部屋を出ると、田中からいわれたように、一階のロビーに、下りて行き、コーヒーを、ブラックで二杯、立て続けに飲んだ。

途端に、素晴らしい、ストーリーが思い浮かべば、いいのだが、そんなものは、一向に浮かんでこない。

ポケットから、部屋にあった、便箋を取り出し、ボールペンで、そこに、三角を描いたり、丸を描いたりしてみたが、もちろん、それでもだめなのだ。

読者が、喜ぶような面白いストーリーを、考えるというよりも、今は、編集者の田中が、気に入るようなストーリーを、考えることのほうに、高見沢は熱中していた。

きっかり、一時間すると、田中が、ロビーに入ってきた。

田中は、高見沢の姿を見つけ、手を挙げてから、高見沢のところにやって来た。高見沢の前に座ると、上着のポケットから、やおら、ボイスレコーダーを取り出して、スイッチを入れた。

「素晴らしいストーリーを、考えたと思いますから、それを、話してください」

と、田中が、いう。

「一生懸命、考えてみたんですが、はたして、それが、面白い小説になるかどうか、自信が、持てなくて」

高見沢が、気弱なことをいうと、

「いいですか、高見沢さん、さっきもいったように、私はね、ウチの社長から、厳命されているんですよ。第二の、松本清張を見つけて、ベストセラー小説を、書かせろって。それができなければ、私のクビだって、危なくなってしまうんです。だから、何としてでも、あなたに、売れる小説を、書いてほしいんですよ」

「分かっていますよ」

「それで、どんなストーリーを、考えたんですか？」

田中は、ボイスレコーダーを、高見沢に、つきつけるようにする。

「東京駅の構内で、若い女性が死んでいた件ですが、警察は、殺人事件の可能性が高いと考えて、捜査を、開始しているんでしょう？」

「そうですよ。だから、同じストーリーじゃ困るんです。さっきも、いったじゃないですか？」

「私が考えたのは、若い女性が、東京駅のドームで、柱に寄りかかるようにして、死んでいた。警察も世間も、殺人だと考えて大騒ぎになった。しかし、実際には、彼女の死は自殺だった。そういう、ストーリーなんですけどね」

「それは、他殺を、自殺に変えて、警察とは、違う見方をしているだけでしょう？　問題は、その先ですよ。どうして、女性は、ドームで、自殺なんかしたんですか？　そこまでちゃんと、考えないと、面白いストーリーにはなりませんよ」

強い口調で、田中が、いう。

「彼女は、自分が、ステーションホテルに泊まっている男から、見られているのが分かっていて、わざと、問題の柱に寄りかかって、自殺するんです。最後まで、自分のことを、ステーションホテルに、泊まっている男が見ている。そう、信じて死んでいくんです。これで、どうですか？」

と、高見沢が、いった。

この説明で、田中の表情が、少しばかり、和らいだ。

「なるほど。出だしは、まあ、合格ですね。問題は、この後だ。どうして、男は、東京駅のステーションホテルに、泊まっていたのか？　自殺した女は、なぜ、そこで、死ねば、男が見ているはずだと、信じたのか？　そこが、ちゃんと書けないと、面白くもなんともない、つまらないストーリーに、なってしまいますよ。あと何日、ステーションホテルに泊まってもいいから、出だしにつながる面白いストーリーを、考えてくださいよ。そうですね、まず、考えなくてはいけないのは、女が、そこで、自殺をした理由ですね。今もいったように、なぜ、男が、自分が、自殺するところを見ていると、分かっていたのか、その点を、今夜中に、考えてください。期待していますよ」

田中は、笑顔になって、高見沢の肩を、叩いた。

「明日、また来ますからね。とにかく、頑張ってくださいよ」

田中が、立ち上がり、ロビーを出ていった。

田中の姿が消えると、高見沢は、小さくため息をついた。

小説の出だしの部分は、何とかでっちあげて、田中に話した。出だしは、ひとまず、合格だといって、田中は、とりあえず帰っていった。

しかし、その後の、ストーリーが、高見沢の頭には、全く、浮かんでこないのである。いくら、考えていても、いいアイディアが出てこない。

仕方がないので、高見沢はロビーを出ると、女が死んでいた現場に、行ってみることにした。

問題の柱のそばに、二人の男が立って、その柱や、周辺の写真を、撮っていた。明らかに、ほかの人間たちとは違った感じがする男である。

おそらく、刑事だろうと、高見沢は思った。

丸の内側の出入口から、外に出てみると、そこには、テレビ局の、中継車が停まっていた。

カメラマンが、業務用の、テレビカメラをかついでいる。少し離れた場所から、若い女性のアナウンサーが、

「午前十時頃、被害者の女性は、こちら側から構内に入っていき、深夜、死体となって、発見されるまで、誰も、彼女が、死んでいることに気がつきませんでした」

と、説明しながら、カメラと一緒に、ドームの中に、入っていく。

一人の若い女性の死が、改装なった東京駅にとって、大きな事件となったことを、テレビのカメラやアナウンサーが、示しているように、高見沢には、見えた。

その二人の後に続いて、高見沢も、ドームの中に、戻っていった。

その時、急に、そのカメラが、高見沢に向けられ、若い女性のアナウンサーが、マイクを、つきつけながら、

「あなたのお名前を、おききしても構いませんか？」

と、きく。

高見沢は、一瞬、ドギマギしてしまい、つい、うっかり、

「高見沢です」

と、本名を、いってしまった。

「高見沢さんは、事件に関心をお持ちのようですね？」

女性アナウンサーが、高見沢の顔を見ながら、きく。

カメラが、自分のほうに向けられていることを意識して、高見沢は、

「いや、別に、関心があるというわけではありませんが」

「でも、私たちが、東京駅を、カメラに収めているのを、さっきから、じっとご覧になっていましたよね？」

「そうですが、何となく、見ていただけですよ」

「でも、東京駅から、列車に、お乗りになるというわけでもないでしょう？　切符もお買いになっていないようだし」

「まあ、たしかに、どこへ行くというような目的はないんですが」

高見沢は、だんだん追いつめられて、しどろもどろに、なっていった。

「そうすると、東京駅の、ステーションホテルに、お泊まりになっていらっしゃるんじゃありませんか？」

「ええ、一応は、泊まっているんですけど、それが、何か？」

「それでは、被害者の女性を、お部屋から、ご覧になっていたんじゃありませんか？　それなら、ぜひ、その時の気持ちを話していただきたいんですが」

アナウンサーが、いう。

「たしかに、事件が、あった夜、私は、このステーションホテルに、泊まっていましたが、被害者の女性を、目撃なんかしていませんよ」

高見沢は、一生懸命に否定したが、気がつくと、彼の周りには、たくさんの人が、集まってきていた。

たぶん、高見沢が、事件に関係している人間で、テレビ局の、アナウンサーに、質問を浴びせられているのではないかと思って、集まってきたのだろう。

女性アナウンサーが、

「何号室にお泊まりですか？」

高見沢が、ルームナンバーを、いうと、女性アナウンサーは、ニッコリして、

「その部屋なら、窓から、この現場が、よく、見えたはずですよ」

と、いい、

「高見沢さんは、柱に、寄りかかって死んでいた被害者を、本当は、ご覧になっていたんじゃありませんか？」

高見沢は、女性アナウンサーから、追及されて、だんだん逃げようがなくなってしまい、やけっぱちな、気持ちになって、

「たまたま、窓の外を見たら、あの女性が目に入ったんですよ」

と、つい、いってしまった。

あの編集者の田中に、頼まれた小説のストーリーと、実際に見た、被害者の姿とが、高見沢の頭の中で、ごちゃごちゃに、なっていって、思わず、口に出てしまったのである。

その上、それが発展して、高見沢は、大きな声で、

「殺人なんかじゃありませんよ。あれは、自殺です」

と、いってしまっていた。

女性アナウンサーは、「えッ？」という顔になって、

「でも、警察は、殺人の可能性ありと見ているようですけど、その点は、どう、考えていらっしゃるんですか？」

高見沢の話を、何とかもっと引き出そうとして、さらに、積極的に迫ってきた。

「警察が、今回の事件について、殺人の可能性が高いといって、捜査を、始めたのは、もちろん、知っていますよ。でも、私は、向こうの、あの窓から、何回か、あの女性を見ているのです。あれは絶対に、自殺ですよ」

と、高見沢は、主張した。

「なるほど。でも、自殺だとしたら、どうして、あんなところで、自殺なんかしたんでしょうか？」

「彼女は、自殺するところを、見せたかったんですよ」

「えッ？」

「男が、ステーションホテルの部屋に泊まっていて、そこから、自分を見ているのを彼女は知っていて、わざと、その男に、見せつけるように、この柱のところで、自殺したんですよ。だから、男は、彼女が死ぬところを、部屋から、じっと見ていたんです」

と、高見沢は、いった。

もちろん、これは、高見沢が、さっき、ロビーで、コーヒーを飲みながら、田中に話したストーリーである。

「その話、面白いですね。もっと、きかせてください」

女性アナウンサーは、ニッコリして、

「警察は、殺人事件と見ていても、今のところ、証拠はないんですものね。あなたの話はあり得るんですよ。それで、男性は、どうして、ステーションホテルに、泊まっていたんですか？　それから、どうして、女性は、それを、知って、このドームに入ってきて、そこで、自殺をしたんでしょうか？」

彼女も、いつの間にか、興奮気味になって、矢継ぎ早に、高見沢に、きいてくる。

こうなると、高見沢も、後には、引けなくなって、勝手に、どんどん、しゃべり始めた。そのほうがかえって、自分でも、面白いストーリーができていくような感じがしたからである。

「実はですね、その男は、自分の身分を、隠していましたが、本当は、孤独な、テロリストなんですよ。依頼された、総理大臣の狙撃に失敗して、東京駅まで、逃げてきたんです。新幹線で、東北に逃げようとしたんですが、最終の新幹線が、出てしまっていたので、仕方なく、ステーションホテルに宿泊し、翌朝いちばんの、新幹線で東北に行くつもりだったんです」

「それで、女性のほうは？」

「女性は、そうですね、特命の女性捜査官と、いったところじゃないですかね？　上司の命令で、テロリストの男を、追いかけているうちに、男女の関係が、できてしまったんですよ。だから、責任を感じて、彼女は、ここで、自殺をするわけですけど、その自殺をする姿を、問題のテロリストが、見ていることを知っていました。自分は、責任を感じて自殺する。だから、あなたも、自殺するか、あるいは、警察に出頭してくださいという、その気持ちを伝えるために、ここで缶コーヒーに、青酸カリを入れて飲み、自ら命を絶ったんですよ」

「お名前を、もう一度、おっしゃってくださいませんか？　それから、何をなさっている方かも教えてくださいませんか？」

女性アナウンサーが、体を乗り出すようにして、高見沢に、いう。

「高見沢といいます。高見沢明彦です。仕事は、そうですね、今は、この事件を追っています」

高見沢は、勝手に、そんなことを、いった。

事件を追っていることは、別に、ウソではない。本当のことだ。そう思って、高見沢は、いったのだが、女性アナウンサーは、さらに、面白がって、

「ありがとうございました」

と、大きな声を出した。

7

その日の夜のテレビのニュースで、

「今回の事件について、市民の皆さんが、どう考えているのかを、取材しましたので、そのいくつかを、ご紹介しましょう」

あの女性アナウンサーが、いい、五、六人の男女の意見が取り上げられたが、その中には、高見沢も含まれていて、映像付きで、紹介されてしまった。

ニュースが終わると、それを待っていたかのように、田中から、電話が入った。

勝手なことを話すなと、叱られるかと、思ったが、そうではなかった。

「今、テレビのニュースを見ましたよ。なかなか、よかったじゃありませんか。いい、宣伝になりますよ。それに、あなたがいったストーリーも、大変面白かった。もう少しリアリティをつけ加えて、早く、作品を書き上げてくださいよ。あなたの写真をつけて、本の宣伝を、するんだから」

相変わらずの甲高い声で、田中が、いった。

第三章　臨戦一課

1

駅長の谷村は、朝出勤して、駅長室に入ると、すぐ、壁にかかっているカレンダーに、目をやった。

今日が何月何日なのか、そんなことは、わざわざ、カレンダーを、見るまでもなく、分かっている。

それでもなお、谷村がカレンダーに、目をやってしまうのは、エキコンのことがあるからである。

カレンダーの四月五日のところに、丸がついている。それは、アメリカの、若い女性だけの四重奏楽団が、東京駅の、北側ドームでエキコンを、行う日である。

同時に、エキコンを、中止しなければ、爆弾を爆発させると、電話で、男が、脅かしてきた日でもある。

今日は四月四日。いよいよ明日が、その日である。

谷村には、エキコンを、中止にしようという気持ちは、全くなかった。

彼の経験によれば、もし、脅しに屈して、エキコンを中止したりすれば、同じような、脅迫の電話が、次々にかかってくるようになる。そのことを、知っていたからである。

助役の一人が迎えに来て、谷村は、その助役と一緒に、いつものように、広い東京駅の中を、ゆっくりと見て回る。

駅長の仕事は、二つあると、谷村は、思っていた。

第一は、東京駅を、利用する乗客の安全である。

第二は、過密なスケジュールで動いている列車の発着を、時刻表通りに運行させることである。

更に、もう一つつけ加えるとすれば、東京駅の保全だろう。

谷村は、在来線、特に、山手線のホームから見て回る。

朝早くから、夜遅くまで、ほとんど三分おきに発着する山手線は、外国人から見れば、ただただ、驚きであり、まるでマジックを見ているようだといわれる。

そのマジックのような発着が、止まってしまえば、東京駅の機能も、停止してしまうのである。

今日は、今のところ、山手線は、何のトラブルもなく、順調に、動いている。

山手線の状況をチェックした後、谷村は引き続いて、東海道本線のホーム、中央線のホーム、それが終わると、東海道新幹線の状況を確認する。

東海道新幹線はJR東海の管轄で、JR東日本の、東京駅長である谷村とは別の、もう一人の駅長がいるのだが、それでも、谷村は、新幹線のホームを、毎日じっくりと見て回る。

駅長がもう一人、別にいて、管轄が違うとはいっても、もし、東海道新幹線が、止まってしまえば、それもまた、東京駅の機能を失わせることになって、山手線や東海道本線をはじめとする各線に、影響を及ぼすことになってしまうからである。

そして、最後に、広い駅の構内を見て回る。

明日のエキコンが、予定されている北側のドームに入った時、助役が、小さな声で、谷村に、いった。

「いよいよ明日ですね」

「そうだ、明日だ」

「大丈夫ですか？」

「大丈夫じゃなきゃ困るよ」

と、谷村が、いい、続けて、

「ただ、気になるのは、脅迫の電話をかけてきた男だが、一度かけてきたその後、全く電話をかけてこないんだ。その沈黙が、何となく、不気味でね」

「逆に考えると、イタズラ電話の可能性も、ありますね」

と、助役が、いった。

「そうならば、嬉しいがね」

とだけ、谷村が、いった。

しかし、駅長室に戻ると、そんな希望的観測は、微塵に砕かれることになった。

警視庁捜査一課の十津川から、電話がかかってきた。

「エキコンを、中止しなければ、東京駅を爆破すると、脅迫の電話をしてきた男の件ですが」

と、十津川が、いう。

「何か、分かりましたか？」

「実は、今から、約十年前に、鹿児島中央駅が、爆破されたことがあります。幸い、死傷者は出ませんでしたが、駅の一部が、破壊されました。その後、この犯人、羽田五郎《はねだごろう》というのですが、逮捕されているのです。今回の件も、どうやら、この羽田五郎の仕業《しわざ》ではないかと考えられます」

「その事件のことなら、知っていますが、犯人は、刑務所に、入っているんじゃなかったですか？」

「三月の三十一日に、出所しています」

「その男が犯人らしいと、十津川さんが思われる理由は何ですか？」

「この羽田五郎ですが、プロの爆弾魔で、鉄道マニアなんですよ。それに、鹿児島中央駅の場合でも、事件当日、駅の構内で今回と同じように、エキコン、つまり、コンサートをやっていました。その後、こちらで、調べたのですが、駅の構内を使って、うるさいコンサートなんて、バカなことはやるな。止めなければ、駅を爆破する。男の声で、そんな電話が入りましてね。その後で、駅の構内で爆弾が爆発したんです。どうも、この羽田五郎が、犯人ではないかと、思われるんです。もう一つ。羽田五郎が、刑務所内で今度狙うのなら、地方の駅ではなく東京駅を狙ってやるといっていたというのですよ」

「三月三十一日に出所した後、羽田五郎が、どこに行ったのかは、警察では、確認していないんですか？」

谷村が、きいた。

「残念ですが、確認できていません。これから、爆発物の専門家を連れて、そちらに、お伺いしたいと思っています。明日の件で、ご相談したいので」

そういって、十津川は、電話を切った。

谷村は、電話が、切れた後も、しばらくじっと、天井に、目をやっていた。

谷村も、助役のように、あの脅迫電話は、ひょっとして、イタズラ電話ではなかったのかという、希望的な観測があったのだが、今の十津川からの電話で、ものの見事に、覆されてしまった。

いや、それ以上に、明日の爆破予告が、現実に近づいたような気がして、谷村は、すぐには受話器を置けず、何十秒かしてから、やっと、手に持っていた受話器を、置いた。

四十分ほどして、十津川が爆発物処理班の専門家を連れて、やって来た。

専門家の名前は、木下《きのした》だと、十津川が、紹介した。

その後で、一枚の顔写真を、谷村に、見せた。

「この男が、電話でお話しした、羽田五郎です。現在四十五歳。宮城刑務所に、入っていましたが、三月三十一日に出所しました」

谷村は、その写真に、目をやった。

一見、平凡な、顔つきの、どこにでもいそうな男である。身長百五十六センチと、書いてあるから、今の日本の男としては、小柄なほうだろう。

谷村が気になったのは、その男の目だった。まるで、光っているように見える目である。谷村は、以前、覚醒剤中毒の男と会ったことがある。あの男の目も、ギラギラ光っていた。

十津川が改めて、鹿児島中央駅の、事件について、谷村に説明した。

「鹿児島中央駅では、毎週日曜日に、駅の構内で、コンサートを、開いていました。九州在住の音楽家の中から、若手を選んで、十五、六人、毎週日曜日に、来てもらって、主として行進曲のような、明るく勇ましい曲を演奏してもらっていたようです。このエキコンは人気があって、鹿児島中央駅の、いわば自慢でも、あったわけです。そんな時、突然、駅長に、電話がかかってきて、エキコンを中止しなければ、駅を爆破すると、男の声が、いってきたのです。しかし、駅長は、単なる、イタズラ電話だろうと軽く考えて、予定通り、コンサートを、開催しました。そして、日曜日の昼頃、まさに、コンサートが始まった直後に、駅の中で爆弾が爆発したのです。幸い、死傷者は、出ませんでしたが、駅舎の一部が、破壊されてしまった。そういう事件です」

「死傷者が出なかったということは、コンサートをやっていた場所で、爆弾が、爆発したのではなかったわけですか？　演奏中の会場で、爆弾が爆発したら、当然、死傷者が、出るでしょう？」

「そこなんです。どういうわけかは分かりませんが、この時に爆破されたのは、コンサートをやっている、その駅の構内にあるトイレだったのです」

「なるほど。それで、死傷者が、出なかったのですね」

「そうです。谷村さんがいわれたように、もし、コンサートの会場が、爆破されれば、何十人もの、死傷者が出たのではないかと、思われます」

「犯人の羽田五郎という男は、どうして、コンサート会場の真ん中で、爆弾を爆破させないで、そのそばのトイレの中で、爆破させたんでしょうか？」

「逮捕された後で、犯人の羽田五郎は、こういっています。自分は鉄道マニアで、特に駅が好きだ。だから、駅の中で、やかましいエキコンなどをやられると、無性に腹が立ってくる。だから、駅そのものをこわしてやろうと思って、トイレに、爆弾を仕掛けたんだと、いっているのです」

「なるほど」

「その後、犯人から何か連絡がありましたか？」

十津川が、きく。

「その後、全く、電話はなく、脅迫状も、届いていません」

「そうなってくると、犯人は、間違いなく、羽田五郎だと、考えられますね。鹿児島中央駅の事件の時も、脅迫の電話が、かかってきたのは一回だけで、その後、電話は一度もかかってこなかったので、駅長は、イタズラ電話ではないのかと、少しばかり、油断していたそうですからね。今回の状況は、あの時とよく似ています」

と、十津川が、いった。

この後、爆発物処理班の専門家、木下が加わって、三人で、話し合いが続けられた。

木下は、鹿児島中央駅で使われた爆弾について、谷村に説明した。

「鹿児島中央駅の爆破事件の時に使われたのは、アメリカ軍の手榴弾《しゅりゅうだん》です。本人が持ち運ぶことができるので、発見が難しい。一発だけとは限りませんからね。羽田五郎は、この手榴弾を手に入れるルートを、持っていたようで、おそらく、日本駐留のアメリカ軍の軍人ではないかと思いますね。基地にいる軍人の誰かから、買うんでしょうが、このルートは、今でも、生きているようですから、もし、今回も、羽田五郎が東京駅を狙うとすれば、使われる爆弾は、アメリカ軍の手榴弾だろうと思います」

2

その日の夜になってから、谷村は、個人的に、十津川の携帯に、電話をかけた。

「明日のエキコンについて、私の考えを、十津川さんに、知っておいていただきたいと、そう思って電話をしました」

と、谷村が、いった。

「明日のエキコンは、中止にしますか？」

十津川が、きくと、谷村は、強い口調で、

「とんでもない。絶対に、中止にはいたしません。午後一時から、エキコンは、予定通り開催します」

と、いった。

「それなら、なぜ急に、私に電話を？」

「昼間の十津川さんのお話で、犯人は、プロの爆弾魔だと、おききしました。これは、間違いありませんか？」

「鹿児島中央駅を、爆破した羽田五郎という男が、脅迫電話をしてきた男だと、われわれ警察は、断定しています」

「私は、東京駅の、駅長として、乗客の安全確保、列車の運行の、平常化、そして、東京駅の保全、この三つを、自分に課せられた仕事だと考えています。明日、爆弾を仕掛けるかもしれない犯人が、プロの爆弾魔だとすれば、この三つのどれもが、危うくなります。だからといって、爆弾魔の脅迫に屈するわけにもいきません。そこで、一つ考えました」

「何を考えられたのですか？」

「私に与えられた仕事を前提にした上で、明日、どんな形で、エキコンをやるかということです。一応、私なりの結論が、まとまりましたので、その考えを、十津川さんに、前もってきいておいていただきたいのです。それで、電話いたしました」

「では、どうやって、明日のエキコンを、開催するのかを、教えてください。もちろん、われわれも応援しますから」

と、十津川が、いった。

「私としては、駅にいる皆さんにとって、もっとも、危険の少ない方法で、エキコンを、開催するつもりです。それを、これから説明しますから、もし、もっといい方法が、あれば、教えていただきたい」

と、断ってから、谷村は、今日半日、自分なりに考えた、明日のエキコンについての計画を、十津川に、話していった。

谷村は、細かいことを、約十分にわたって説明したあと、ホッとして、受話器を、置いた。

3

四月五日当日、谷村が、心配していたのは、この日の天気だった。

雨が降りそうもない気配に、谷村は、ホッとした。

午前十時になると、アメリカの、若い女性バイオリニストたち四人が、文化庁の通訳と一緒に、東京駅に、到着した。

谷村は、駅長室に、四人を案内し、コーヒーを淹《い》れてから、あまり、うまくない英語で、東京駅の概要や、歴史について、四人のアメリカ人女性たちに、説明した。

午前十一時すぎになると、谷村が頼んでおいたトラックが、次々に、東京駅前の広場に到着し、一斉に、板を使った、高さ二十センチあまりの舞台を作っていった。

舞台ができ上がると、今度は、駅員たちが、ドームに用意しておいた、椅子をこちらに運んできて、舞台を囲む形で並べていった。

次に、谷村が頼んでおいた音響メーカーの、社員がやって来て、高性能のマイクを、舞台の上に、備えつけていった。

舞台のそばが、現在、臨時の、タクシーの駐車場に、なっている。そこに、前もって、谷村が借りておいた自動車四台を配置したが、屋根には、個人タクシーの、行灯《あんどん》をつけて、一列に並べた。

もちろん、ホンモノのタクシーではないから、乗っているのは、タクシーの運転手ではなく、警視庁捜査一課の、刑事たちである。

午後一時ちょうどに、臨時の舞台の上で、四人の若いアメリカ娘による四重奏が始まった。司会は、音楽番組も担当しているプロのアナウンサーである。

今度は、谷村は、ステーションホテルの三階に、上っていった。一泊八十万円という、ステーションホテルでもっとも高い、豪華な部屋が、三階にある。

その部屋の前には、すでに、十津川たち捜査一課の刑事が数人、部屋が開くのを、待っていた。

谷村がドアを開け、刑事たちが、部屋の中に入っていく。

この部屋は、ステーションホテルの中央、同時に、東京駅の、ほぼ中央にある。窓の下には、谷村が用意した臨時の舞台が見え、その上で、四人の若いアメリカ女性の、四重奏が、すでに、始まっていた。

十津川が、今日連れてきた刑事たちの中に、二人のスナイパーがいた。

もし、窓の下の舞台で行われているコンサートの途中で、犯人が手榴弾を、舞台に投げ込もうとしたら、ただちに狙撃して防ぐことを、十津川は、二人のスナイパーに、命令していた。

たしかに、三階のこの部屋の窓から、目の下に、舞台が見えるから、狙うとしたら絶好の場所である。

そのことを確認できて、十津川は、ひとまず安心してから、谷村に、

「犯人は、これを見て、悔しがって、ドームに爆弾を投げつける恐れが、ありますが、大丈夫ですか？」

「その点は、東京駅の鉄道警察隊に、ドームの警戒を、頼んであります」

と、谷村が、いった。

4

舞台の周りに置いた椅子には、エキコンを見ようと、東京駅にやって来た観客や、たま

たま東京駅に、降り立った乗客たちが、腰を下ろして、たちまち、椅子は、満杯になった。

その後ろにも、人々が、立って、演奏にきき入っている。

十津川は、窓から、舞台を眺めていたが、携帯を、取り出した。

人垣で埋まったその脇に、タクシーの発着所がある。そこに、縦に並んでいる四台の個人タクシーの運転席には、捜査一課の、刑事がいる。

十津川は、その一人一人に、電話をかけた。

「油断するな」

とだけ、十津川が、いった。それで、十分のはずだった。

5

高見沢明彦にとって、今日四月五日は、ステーションホテルに滞在する、最後の日になっている。

起き上がった時、今日、エキコンがあることを、思い出した。

編集者の田中に、催促されているものの、これから書く予定の小説は、まだ、完全なストーリーができていない。そこで、デジカメを手に取ると、午後一時から、始まるというエキコンを、見に行くことにした。

アメリカから来日中の、若い女性バイオリニストたちが四人、駅でコンサートを開くのだという。

なかなか、ストーリーができないが、そのエキコンでも、見れば、何とかストーリーができるかもしれない。

そう思って、高見沢は、十二時半をすぎた頃、デジカメを持って、北のドームに、行ってみることにしたのである。

駅構内に、貼られていたエキコンのポスターでは、北のドームの中で、やるということになっていたのだが、行ってみると、なぜかその気配はない。それどころか、駅員たちが、用意した椅子を、外に運び出していた。

高見沢が、ポスターを、もう一度、見直してみると、

「今日のエキコンは、会場を、駅前広場に変更しました」

と書いてある。突然、場所が、変わっていたのである。

ポスターには、駅前広場と、書いてあるが、丸の内側か、八重洲側かが、書いていない。

高見沢が、駅員を捕まえて、エキコンの場所を、きいているうちに、午後一時になってしまった。慌てて、駅員に、教えられた丸の内側に、飛び出して行く。

丸の内側の駅前広場は、まだ、完全には完成していないので、空地には、人々が集まって、東京駅の写真などを撮っているのだが、そこに今日は、臨時の舞台が、作られ、エキコンが、始まっていた。

すでにその周りには、人々がたくさん集まっていて、舞台の上の四人の弦楽器奏者は、人垣の間から、わずかに頭が見えるだけである。

「高見沢さん」

と、いきなり、声をかけられた。

編集者の、田中だった。

「カメラを持って、何を、ウロウロしているんですか？」

と、田中が、きいてくる。

「今、エキコンが、始まっているんですよ。ストーリーの展開に、エキコンを使おうかなと思って、カメラを持って、見に来たんですが、人垣ができてしまって、思うように写真が、撮れないんですよ。それで、どうしようかなと思って」

高見沢は、田中に、誉めてもらおうとして、いつか見たミステリー映画の、ストーリーを思い出しながら、

「若い美人の、女性バイオリニストたちのコンサートなので、観客は、うっとりとして、

きいているわけですよ。ところが、その演奏が終わった途端に、東京駅の、何番線かのホームで、爆発が起きて、辺り一帯がパニックになる。実は今、そんな、ストーリーを考えているんです」

と、いった。

その一言で、田中が、ニッコリし、

「なかなか、面白いじゃないですか。それじゃあ、いい小説を書くために、少しばかり、冒険をしてみますか？」

と、いった。

「冒険って、何ですか？」

「向こうに、個人タクシーが、四台並んでいるでしょう？　さっきからずっと、見ていたんですが、あの四台は、少しも、動こうとしないんですよ。タクシーの乗り場までは、あと五、六メートルあります。それなのに、あの四台は、タクシー乗り場に、行こうとしないのですよ。なぜだと思います？」

「さあ、どうしてでしょう？　僕には、分かりませんが」

「たぶんあのタクシーの運転手も、アメリカ娘たちのバイオリンの演奏を、ききたいので、あそこに停まって、仕事を、サボっているんじゃないですかね？　そんなところだと思いますよ。だから、あの、運転手に、交渉してみましょうよ」

「交渉って何ですか？」

「まあ、いいから、とにかく、一緒に来てくださいよ」

田中は、高見沢を、引っ張っていき、縦に並んだ、四台のいちばん後ろのタクシーに行き、運転席の、窓を叩いた。

運転手が、何だという顔で、窓を開ける。

その顔に、田中は、いきなり、一万円札をつきつけた。

「これ、壊れた時の、弁償」

と、田中が、いった。

運転席にいたのは、西本《にしもと》刑事である。

西本は、変な男だなと思いながらも、騒ぎ立てては、まずいので、

「何ですか、この一万円は？」

男は、いきなり、名刺を、取り出して、西本に渡す。

出版社の名前と雑誌名、そして、編集者、田中勇作と書いてある。

「来週号に載せたいので、どうしても、向こうでやっている、エキコンの写真を撮りたいんです。だから、屋根に、上らせてくださいよ。この一万円は、屋根が、壊れた時の弁償

です」

田中は、いい、西本が、呆気にとられている間に、高見沢のお尻を、押すようにして、無理やり、後ろのトランクから、屋根に、押し上げた。

そして、自分も、高見沢の後から、タクシーの屋根に、上っていく。

高見沢は、タクシーの屋根に、片膝をついて、カメラを、演奏している、四人の若いアメリカ女性のバイオリニストたちに、向けた。

その時、助手席に置いた、西本の携帯が、鳴った。

慌てて、西本が出ると、十津川の声が、いった。

「君のタクシーの屋根にいる人間は、誰なんだ?」

「屋根の上の人間ですか? あれは、出版社の人間で、演奏中の、バイオリニストをカメラで撮りたいといって、上がっているんです」

と、西本が、いった。

「さっきまで、二人乗っていたが、一人が、引きずり降ろされた。その男に代わって、今、作業服姿の男が、屋根に上っていったぞ。気をつけろ。ひょっとすると、そいつが犯人だ」

十津川が、怒鳴った。

西本は、とっさに、アクセルを、強く踏み、ハンドルを切った。

屋根に二人の男を、乗せたタクシーが、大きく、左にハンドルを切って、その場から飛び出した。次に、今度は、急ブレーキを、踏んだ。

屋根の上で、悲鳴が、上がった。

西本は、運転席から、飛び出した。

カメラを持っていた男は、屋根から、落下している。もう一人の、作業服姿の男は、屋根に据えつけられた、個人タクシーの行灯に、しがみついている。

次の瞬間、その男は、立ち上がり、右手に持ったものを、演奏中の舞台に向かって、投げようとする。

その男に向かって、西本が、とっさに、手に持っていたスパナを、投げつけた。

スパナが、男の顔に、命中する。

呻《うめ》き声を上げて、男が、反対側に、落ちていった。

一瞬、男が投げようとした爆弾が落ち、それが、西本のほうに、転がってくる。

西本が、一瞬、目をつぶる。

しかし、爆発しない。

男は、おそらく、まだ、安全装置を外していなかったのだ。

ほかの、三台のニセの個人タクシーに乗っていた刑事たちが、騒ぎに気づいて、バラバラと車から降りてきて、こちらに、向かって、走ってくる。

屋根から落ちた男が、片足を引きずるようにして、丸ビルのほうに、逃げていく。

西本以外の三人の刑事が、男を追いかけ、飛びついていった。

西本は、その場に残って、足元に落ちている手榴弾を、手に取った。

たぶん、アメリカ軍が使っている手榴弾だ。

安全装置を、外す前に、犯人が、車の屋根から落ちてしまった。そのことが幸運だったのだ。

その間に、ほかの三人の刑事が、折り重なって、男の上にのしかかり、手錠を、かけた。

西本は、運転席に、放り投げた携帯を、拾いあげた。電話は、まだ、十津川警部とつながっている。

「犯人を、確保しました」

と、西本が、いった。

「よし、分かった」

と、十津川が、いった。

騒ぎは、たちまち、静かになってしまった。耳を澄ますと、アメリカ娘たちの四重奏は、まだ、続いている。

　タクシーの屋根から、引きずりおろされた出版社の田中と、屋根から落ちた高見沢の二人は、明らかに、いら立ったような顔で、西本に向かって、きいた。二人とも、まだ何が起きたのか、分からずにいるのだ。

「いったい、何があったんですか？　ひどいじゃありませんか？」

「急に車を発進させたりして、どうしたんですか？」

　二人して口々に、西本に、詰め寄ってくる。

　このままでは、二人が納得しそうにないので、西本は、警察手帳を、取り出して、二人に示し、説明することにした。

「警察が、いったい、何をやっているんですか？」

　高見沢が、きく。

「今やっている、エキコンですが、それを、邪魔しようとした者がいたので、われわれが、それを阻止して、男を、逮捕しました」

「いったい誰が、何のために、みんなが、喜んでいるエキコンを邪魔しようとしたんですか？」

「さあ、どういう、人間でしょうかね？　私には、理解できませんが、世の中には、人が楽しんでいるのが、面白くなくて、腹を立てる人間も、いるんですよ」

と、西本が、いった。

その間に、犯人は、三人の刑事に、囲まれて、丸ビルの裏に停めてあった、パトカーまで連れていかれた。

それでも、編集者の田中は、まだ粘っていた。

「さっき、一万円渡しましたよね？」

と、西本に、いう。

西本は、苦笑して、

「もちろん、お返ししますよ」

「いや、返してくれなくても、いいんです。その代わり、もう一度、この車の、屋根に上がらせてくださいよ。この人は、才能のある新人の作家なんですけどね。何とか、今やっているエキコンの模様を、カメラで撮って、それを、次の作品のストーリーの中に、生かそうとしているのです」

「まあ、いいでしょう。お二人も、犯人の逮捕に、協力してくださったんですからね。特別に、認めましょう。ただし、この一万円は、お返ししますよ」

西本は、車をもう一度、前の場所に、戻して停めた。

高見沢と田中の二人は、また、車の屋根に上っていく。

高見沢が、デジカメで、人垣の中で、演奏している四人の若いアメリカ娘を、何枚も、写真に撮っている。

その背中に向かって、田中が、いった。

「これだけ、苦労したんですから、絶対にいい小説を、書いてくださいよ。期待していますからね」

6

十津川は、携帯をしまうと、そばにいる、駅長の谷村に、

「どうやら、犯人が、逮捕されたようです」

「それはよかった。でも、本当に、もう、大丈夫でしょうか？」

「大丈夫です。犯人は、間違いなく、逮捕されましたから」

と、十津川は、いった。

その後、部下の刑事たちに、停めてあるパトカーに、帰るようにいってから、谷村に向かって、

「それにしても、この部屋は、豪華ですね。これが、あのウワサの一泊八十万円の、部屋ですか？」

「そうですよ。すでに、今月の末の予約が入っています」

と、谷村が、いった。

「どんな人が、泊まるのですか？」

「インドネシアの運輸大臣の、御一行です。インドネシアでは、高速鉄道を、走らせることが決まって、その候補の中に、日本の新幹線が入っている。それを視察に来られるんです。その時に、ステーションホテルのこの部屋に、三日間滞在されて、東京駅から発車する、さまざまな新幹線に、試乗して、日本の技術者の、説明を受けたいと、いっているそうです。今月の、二十八日から三十日までの三日間、この部屋に、お泊まりになります」

「それにしても、谷村さんも、いろいろと、大変ですね。駅や、列車のことも考えなくてはいけないし、外国の要人とも、会わなければならないんでしょう？」

「仕方ありませんよ。それが、私の仕事ですから」

と、谷村は、いってから、

「ところで、南のドームのほうで起きた、殺人事件は、どうなりました？　捜査は進んでいるんですか？」

と、十津川に、きいた。

「一応、容疑者は、浮かんでいるのですが、犯人であるという確証が、なかなか、つかめません」

十津川が、いった時、窓の下の舞台では、エキコンの演奏が、一休みになって、椅子に座って演奏をきいていた人たちも、立ち上がって歩き出し、また、別の人々が、椅子を、占領し始めた。

「演奏は、何時までですか？」

部屋を出ながら、十津川が、きいた。

「一応、午後三時まで、ということになっています」

二人は、一階まで、下りていき、谷村は、十津川を、駅長室に、案内した。

若い駅員にコーヒーを運ばせて、

「一休みしてから、お帰りになってください。今日は、十津川さんのおかげで、利用客の中に、ケガ人も出なかったし、列車にも被害がなく、東京駅も、無事で、ホッとしました」

と、谷村が、いった。

「実は、この東京駅について、駅長である谷村さんに、いろいろと、おききしたいことがあるんですよ」

十津川は、改まった口調で、いった。

「どんなことを、お知りになりたいんですか？」

と、いってから、谷村は、コーヒーを口に運んだ。

「そうですね」

と、十津川が、いう。

「私は、警察の人間ですから、知りたいことといっても、東京駅の、美しいところとかでは、ありません」

「もちろん、何でも構いませんよ。私に分かることであれば、お答えします」

「今回の、爆弾犯人ですが、東京駅を狙ったのは、たぶん、この東京駅が、日本の鉄道の中心だからでしょう。そこで、バカな質問かも、しれませんが、どうして、この駅が、東京駅という名前に、なったのですか？　東京の中には、ほかにも、大きな駅がいくつもあるでしょう？」

「たしかに、ほかにも、大きな駅がたくさんあります。十津川さんのいわれるように、この東京駅は、最初は、中央駅と、呼ばれていたんですよ。どの駅を、東京駅という名前にするかということについて、いろいろと、意見が分かれていました。ですから、十津川さんと同じような疑問を持つ人も、当然、いたわけです。しかし、政府のほうで、ここは絶対に、東京中央駅だといって、強引に、東京駅ということに、決まってしまったのです。そう決まってしまうと、この東京駅が、自然に、日本の鉄道の、中心ということになっていったみたいですね」

「東京駅に、限らず、ほかの駅でもいつも、思うのですが、駅というのは、大変に出入りが自由ですね。誰でも入ってこられる。その上、切符を買えば、どのホームにも行ける。ある意味で、ひじょうに、不用心という気もするんですが」

と、十津川が、いった。

谷村は、苦笑した。

「たしかに、十津川さんが、いわれるように、ある意味、駅は、東京駅に、限らず、不用心ですよ。駅の構内には、誰だって、入ってこられるし、身体検査だって、ありません。切符さえ買えば、在来線から、地下鉄、それに、新幹線のホームにも、自由に入っていけます。逆の見方をすると、それが鉄道の、駅のいいところでは、ありませんか？　私は、そう、思っています。駅構内に入る時に、いちいち、身体検査をしていたら、鉄道自身が成り立ちません。山手線は、三分間隔で、走っていますし、新幹線だって、ほとんど、二十分から三十分の間隔で、運行しています。身体検査を、したくたって、その余裕はありませんよ」

と、谷村が、いった。

その時、四重奏の演奏が、また始まった。その音が、駅長室まで、きこえてくる。

「それから、もう一つ、これも、無粋な質問ですが、東京駅の構内に、私書箱が、あるというウワサを、きいたんですが、本当ですか？」

十津川が、きいた。

「ええ、本当です。ありますよ」

「その私書箱を、借りていた人間が、封筒に、青酸カリを入れて、それを、ポストに入れれば、その封筒は、東京駅の私書箱に、間違いなく、配達されるわけですね？」

「その通りです」

「封筒の中身を、調べることは、ないんですか？」

「もちろん、ありません。通信上の秘密ですから、われわれが、中を、調べることはできません。しかし、今までに、東京駅の私書箱で、何か、問題が起きたということは、一度も、ありませんよ」

と、谷村が、いった。

「小包でも、小さなものなら、私書箱に入りますね？」

「ええ、入りますが」

「最近、プラスチックの拳銃が作られているのです。相当軽いものです。それを、小さな小包に入れて、投函しても、東京駅の中の、私書箱に届きますよね？」

「ええ、届きますが、そういう、物騒なものが、今までに、配達されたことは、一度もありません」

谷村が、強い口調で、いった。

「もう一つ、東京駅というのは、初めて来た人間には、完全な、迷路ですね。私は、何回か、来ていますが、それでも、迷ってしまうことがあります。それに、ところどころ、未完成の部分や、工事中のところもあります。もし、お願いできれば、東京駅の中を、一通り、案内していただけませんか？」

と、十津川が、いった。

「もちろん、いいですよ。喜んで、ご案内します」

と、谷村は、立ち上がった。

7

たしかに、東京駅は、ある人にとっては、迷路のように見えるかもしれない。

しかし、別に、乗客を迷わせようとして、複雑に、なっているわけではない。

さまざまな、問題がある。例えば、車椅子の人たちにとっては、階段を、上がることができないから、どうしても、要所要所に、エレベーターが、必要になる。車椅子用の通路も、作らなければならない。緩い坂の通路である。

こうしたことも、理解してほしいと、谷村は、思っていた。

盲人の乗客のために、通路にも、ホームにも、色のついた点字ブロックが打ち込んである。それでもまだ、ホームから、線路上に落ちてしまう盲人がいるという。

そのことも、谷村にとっては、一つの課題である。

どうしたら、盲人の乗客が、ホームから、転落せずに、安全に通行できるのか？

十津川は、谷村に、案内されて、東京駅の中を、歩きながら、

「そうか、分かりましたよ」

と、急に、いった。

「駅というのは、いってみれば、町と同じなんですね。町の中も、誰だって、自由に歩けます。町の中で、バスやタクシーに乗ることもできます」

「たしかに、駅は、町と、同じですね。誰でも自由に、駅の中に入って、食事もできるし、ホテルにも、入れるし、デパートにも、入っていけます。切符を買えば、在来線にも、新幹線にも乗れます。誰も、それを、止めたりはしません」

「そうすると、駅長さんは、市でいえば、市長に、当たるんですかね？　いや、違うな。市長なら、市の市役所の、市長室に、デンと収まっていればいいけど、駅長さんは、そうはいかないのでしょう？　乗客のことも、心配になるし」

「そうですね。乗客の心配、列車の心配、そして、東京駅の、建物の心配。毎日、心配ばかりですよ」

と、谷村が、いった。

一通り、東京駅の中を、案内してから、谷村が、腕時計に目をやった。

「そろそろ、エキコンが、終わる時刻ですから、申し訳ありませんが、これで、失礼します。駅長として、最後に、挨拶をしなければなりませんので」

「私のほうは、勝手に、失礼させていただきます。今日は、いろいろと、ありがとうございました」

十津川が、いった。

谷村は、駅前広場に、向かって歩いていった。その途中で、助役の一人と一緒になった。

その助役は、犯人が、逮捕されたことを、まだ知らないらしい。

「今回の、エキコンですが、評判はかなりいいようですよ。私が会った乗客の人は、できれば毎週一回、今回のような、エキコンをやってもらえないだろうかと、いっていました」

「そうだね。できれば、定期的に、エキコンをやってみたいね」

谷村は、逆らわずに、いった。

駅の外に、出てみると、コンサートが終わって、舞台の周りを、囲んでいた乗客たちが、それぞれ、散っていくところだった。

駅員たちが、椅子を、片づけている。

谷村は舞台に上がって、四人の演奏者に、今日の、お礼をいった。

その後、もう一度、文化庁の、通訳と一緒に、四人を、駅長室に連れていき、アメリカ大使館からの、迎えが来るまで、ゆっくりしてもらうことにした。

文化庁の通訳が、谷村に、向かって、

「演奏中に、何か、騒ぎがあったみたいですけど、どうしたんですか？」

「何とかして、四人の美女の写真を、撮ろうとして、停まっているタクシーの屋根に上った人が、いたんですよ。その人が、足を、滑らせて、下に落ちてしまいましてね。それで、騒ぎになったんです」

と、谷村が、いった。

四人のアメリカ人女性は、急にニッコリして、カメラを持った男が、タクシーの屋根から、落ちるところを、見たといって、楽しそうに、笑った。

谷村は、本当のことを、教える必要もないだろうと考え、

「タクシーの屋根から落ちた人も、ケガをせずに済んで、ホッとしています」

十五、六分して、アメリカ大使館から、大使館員が、車で、四人の演奏家を、迎えに来た。

谷村は、改めて、四人のアメリカ人女性と、文化庁の通訳、そして、迎えに来た、アメリカ大使館員に礼をいい、東京駅のバッジを、記念として四人に、プレゼントした。

彼らが、大使館からの迎えの車に乗って、消えると、谷村は、駅長室のソファに、腰を下ろし、深いタメ息をついた。

とにかく、演奏した四人の、アメリカ人女性にケガはなかったし、彼女たちの演奏をきいていた人々の間にも、ケガ人は、出なかった。谷村の張りつめていた気持ちが、やっと

軽くなった。

その後、舞台を作ってくれた、業者に電話をかけ、演奏が、終わったので、舞台を片づけに来てくれと、連絡した。これで、エキコンは、完全に、終了したのである。

助役が、顔を覗かせたので、

「駅の構内に、貼ったポスターも、撤去してくれ」

と、谷村が、いった。

谷村は、日誌を開き、そこに、簡単に記入した。

「本日、エキコンを開催。アメリカの、若き女性演奏家四人による、コンサート無事終了」

第四章　駅の怪談

1

日本の歴史的な建造物の場合、時として、怪しげな怪談話が、付きまとってくることが、ある。例えば、首相公邸には、幽霊が、出るというウワサが、あるらしい。これまで何代かの首相が、在任中、首相公邸を使わなかったのは、首相夫人が、このウワサを怖がって、公邸に住むことを、嫌がったからだといわれている。

歴史的な建造物である東京駅には、そうしたウワサはない。というのも、あんなに乗客が多くて、駅全体が、喧騒に包まれていては、幽霊も出番がないのだろう。

それが、ここに来て、幽霊話がきこえてきたのである。

最初は、深夜、人気《ひとけ》の絶えた駅構内で若い女性の悲鳴が、きこえたという、たわいのないウワサだったが、それが、決定的になったのは、四月の十日の早朝だった。

東海道新幹線の待合室近くに、女性用トイレがある。この日の午前六時前、女性用トイレの個室から、突然、甲高い悲鳴が、きこえたのだ。

近くに駅員がいたのだが、あいにく男の駅員だったために、悲鳴の上がった女性用トイレに飛び込むのがためらわれた。それで、携帯電話で、女性の駅員を呼んだ。

駆けつけてきたのは、新幹線の切符売り場で働く三十二歳の女性だった。

彼女は、問題の女性用トイレに、入っていった。いちばん奥の、個室のドアが開いたままになっている。

そこを覗くと、便器のそばに、若い女性が、気を失って、倒れていることに驚いたが、それよりも、トイレに入った瞬間、彼女自身が、危うく、悲鳴を上げるところだった。

目の前の壁に、血液と思われる赤い筋が、数条、流れ落ちていたからである。その血の流れのそばには、これも血で書いたと思われる文字があった。


「はせがわちかのウラミ」

血文字は、そう、読むことができた。

2

救出された女性は、すぐに、東京駅近くの救急病院に運ばれ、現場となった女性用トイレは、閉鎖された。

三十分後には、知らせを受けた十津川たちと鑑識が、駆けつけた。

現場に着くと、十津川は亀井刑事と二人で、「はせがわちかのウラミ」と血文字で書かれたトイレの壁を確認した。

「間違いありませんね」

と、亀井が、いう。

「そうだな。先日、東京駅で亡くなった長谷川千佳のことだろう。それ以外には、考えようがないね」

これが、誰かのイタズラにしろ、壁に、「はせがわちかのウラミ」と血文字を書いた人間は、明らかに、あの事件を意識して、この文字を書いたに、違いなかった。

この女性用トイレの個室で、気絶していた女性が、駅近くの、救急病院に運ばれているときいた十津川は、三田村と北条早苗刑事の二人に、すぐにその病院に行き、話をきいてくるように命じた。

十津川たちは、悲鳴をきいた男の駅員と、実際に、女性用トイレに入って、倒れている女性と、壁の血の跡、そして、血文字を最初に見た女性駅員に、話をきくことにした。

最初に、女性の悲鳴を、きいたという駅員は、若い、金田肇《かねだはじめ》という、二十五歳の男性だった。

まだ、緊張の残った顔で、若い駅員は証言した。

「悲鳴がきこえたのは、午前六時十分くらい前、五時五十分頃だったと思います。ビックリして、悲鳴の起きた方向に走ったんですが、そこが、女性用のトイレだったので入るわけにもいかず、近くの新幹線の切符売り場に電話をして、そこで働いていた、井上《いのうえ》さんに来てもらったんです」

井上さやかという三十二歳の駅員は、こう証言した。

「金田さんに呼ばれて、女性用トイレに見に行きました。最初は、何が起きたのかも全く分からなくて、ひょっとすると、今多発している、盗撮事件でもあって、悲鳴を上げたのかと思いました」

「盗撮ですか」

「そうです。前にも、盗撮事件がありました。誰かが、女性用トイレの個室に、小さなカメラを、仕掛けたらしく、それを発見した女性が、悲鳴を上げたことがあったんです。そんなことかもしれないと、女性用トイレの中に、入っていったら、いちばん奥にある、個室のドアが開いていました。そこを覗いたら、若い女性が、便器の近くに倒れていて、動かないんですよ。『大丈夫ですか？』と、声をかけたんですけど、返事がなくて、何気なく、目を上げたら、真正面の壁に、真っ赤な血が、流れているじゃありませんか。その上、血で書かれた、文字まであって、危うく、私のほうが、悲鳴を上げるところでした」

病院に行っていた、三田村と北条早苗の二人が戻ってきて、十津川に、報告した。

「病院に運ばれたのは、太田美由紀《おおたみゆき》、三十八歳です。ビックリして、気を失ったようですが、命に別状はありません。彼女は、東海道新幹線の午前六時発の始発に乗るつもりで、東京駅にやって来たといっています。トイレに行きたくなって、いちばん奥の個室に入った時、目の前の壁に、真っ赤な血が数条流れていて、その上、血で書いた文字があったというのです。気を失ってしまったけど、あんな怖い目に遭ったのは、生まれて、初めてだと、いっていました」

「ショックで、気を失ったということだな？」

「そうです。しかし、医者は、心配ないといっています」

と、北条早苗が、いった。

心配して、谷村駅長が、助役と二人でやって来たが、十津川に、こんなことを、いった。

「できることなら、この件は、マスコミには、なるべく、発表しないでいただきたいのですよ」

「どうしてですか？」

「お客さんには、東京駅は怖いとか、物騒なところだというような、そんな印象を、持ってほしくないのです」

しかし、谷村の願いも、空しく、その日の夕刊各紙に、この事件のことが、大きく報道されてしまった。

どうやら、この事件があった時、東海道新幹線の待合室にいた、乗客の中に、新聞記者に話した人間が、いたらしいのである。

こうなってしまうと、谷村にも、手の打ちようがなかった。たぶん、この話は、もっと、広まってしまうだろう。さもなければ、逆に、話に尾ひれがついて、もっと怖い話になってしまうのではないか？　谷村は、そう思って、覚悟した。

女性用トイレの壁に流されていた、数条の血液と思われるもの、その血液で書かれたと思われる文字、鑑識が採取し、科捜研に行って調べたところ、それは人間の血ではなくて、ネコの血ということだった。

この事件は、谷村の不安が、的中して、あっという間に、広まっていった。それも、谷村が、心配したように話に尾ひれがついて、広まってしまったのである。例えば、こんなウワサにも形を変えた。

「現在、東京駅の、事件のあった問題の女性用トイレは、閉鎖されたままに、なっているが、なぜ、閉鎖されたままなのか調べていくと、事件の後、駅員や、あるいは、乗客が用を済ませて、手を、洗おうとすると、蛇口からは水ではなく、血が流れ出てくる。そのために、問題の、女性用トイレは、いまだに、閉鎖が続いているのである」

ウワサは、さらに、広まっていき、ますます残酷な話になり、警察やJRは隠しているが、実際には、その女性用トイレでは、若い女性が、のどを、切られて死んでいたらしいという記事が載ったりした。

そこで、谷村駅長は、自分のほうから、記者会見を開くことにした。

その席で、谷村は、東海道新幹線の始発を待っていた、女性客の一人が、トイレの個室に入ったところ、壁を流れていた血液に驚き、気を失って倒れ、救出されたことは、事実だ。これは、明らかに何者かのイタズラである。それに、トイレの壁にあった血液と、思われたものは、ネコの血であることが、分かったと発表した。

さらに、谷村は、問題の女性用トイレで、女性が、殺害されていたという記事もあったが、これは全くの、事実無根で、死者もケガ人も出ていないと、いい、同席した、十津川が、前の殺人事件について、その捜査状況を、説明して、

「これは、明らかに、悪質なイタズラです。犯人は、東京駅で亡くなった、長谷川千佳さんの名前を使っています。こうした行為は、普通の神経の持ち主ならば、絶対に、やらないことであり、このウワサを流した人間は、許されるものではありません」

それに対して、

「先日、殺された長谷川千佳という女性の捜査ですが、どこまで、進んでいるんですか？容疑者は、浮かんでいるんですか？」

と、質問した記者もいた。

「この事件の捜査は、順調に進んでおり、間もなく犯人は、逮捕されると考えています」

と、十津川は答えた。

さらに、十津川は、語気を強めて、

「今回のようなイタズラは、捜査の妨害に当たるので、やった人間は見つけ次第、逮捕するつもりでいることを、知っておいていただきたい」

この記者会見で、集まった記者の間からは、ほかの、質問も出た。今回のイタズラをやった犯人と、長谷川千佳を毒殺した犯人とは、同一人かどうかという質問である。

「これは、私の個人的な、感想ですが、同一人の犯行であるとは、思っていません。今回、イタズラ騒ぎを起こした者には、どこか、不真面目な感じがありますが、長谷川千佳を殺した犯人は、たぶん、生真面目な性格で、冷静に行動するタイプの人間ではないかと、思えるからです。そんな人間が、こんな、バカバカしい悪ふざけをして、喜んでいるとは思えません。それに、今回の、イタズラさわぎを起こした人間に、いっておきたい。自分では、面白がって、やったことにすぎないと思っているかもしれませんが、これは、はっきりした犯罪ですよ。犯人が分かり次第、逮捕することを、重ねて、言明しておきます」

と、十津川が、いった。

女性用トイレ閉鎖に対して、たちまち抗議がきた。

「東京駅は、何といっても、日本の玄関である。その乗客が使うであろうトイレに『故障』の文字だとか、『修理中』の文字だとかの看板が、かかっているのは、いかにも興醒めである。

さらにいえば、日本が、泣くような情景である。したがって、一刻も早く、修理を済ませ、使用できるようにしてほしい」

「私は仕事柄、東海道新幹線で、毎週のように東京と新大阪の間を往復しています。その私にとって、新幹線の待合室にいちばん近いトイレが使用できないというのは、誠に困ったことです。だいたい、東京駅は、トイレが少なすぎるのではありませんか？」

「東海地震が、あと三十年以内に、かなりの確率で起きるといわれている。もし、大地震が起きた場合、もっとも、問題になるのが駅、特に、東京駅だろう。

私は、阪神・淡路大震災に、遭遇した人間であるが、その時にいちばん困ったのは、トイレである。

東日本大震災でも、罹災直後は、トイレの不足に、被災者の多くが、困ったときいている。トイレが使えないので、被災した女性は、水分を努めて、摂らないでいるようにしていたという、そんな話も、耳にしている。

東京駅が、東海地震に遭遇した時、はたして、トイレの数は、十分に、足りているのであろうか？

私は、毎日、通勤に、東京駅を利用しているのだが、時々、東京駅が、地震に遭遇したら、避難した人々が、トイレを使おうとしても、数が足りずに、特に女性は、困惑してしまうのではないだろうかと、心配である。

このことを、東京駅の責任者は、真剣に、考えてほしい」

谷村は、業者に、ハッパをかけているから、問題の女性用トイレは、すぐに、通常通り使用できるようになると思っていた。

今回の事件には関係なく、会議で、トイレのことが、問題になることがある。ある意味で、駅にとってもっとも大切で、しかも、なくてはならないものが、トイレである。トイレの数が適当であるかどうかは、通常の場合と、非常の場合とは別で、問題は、非常の場合である。

東海地震が発生したとすると、その時、東京も大きな揺れに襲われ、東京都内の鉄道は、おそらく、全て、停まってしまい、何万人、あるいは、何十万人という乗客が、東京駅に足止めされてしまう、ケースが考えられる。

東京駅には、非常事態に備えて、飲料水や食料、あるいは、毛布などがあらかじめ、大量に用意されてはいるが、その時にいちばん問題になるのは、トイレだろうと、誰もがいう。非常時には、東京駅のトイレは、数が足りるのか？

谷村は、あまり心配はしていなかった。なぜなら、非常事態になった時に、トイレは、東京駅の、駅のトイレだけが、使われるわけではないからである。

東京駅の中には、デパートがあるし、ステーションホテルもある。また、丸の内側には、新丸ビルや、そのほかの、大きなビルがいくつもあるし、八重洲側にも、大きなホテルがある。そうしたホテルやビルのトイレも、当然、非常時には使うことができるから、数が足りなくなることはないだろうと、思っているのである。

3

谷村が予想していた通り、次の日の朝には、閉鎖されていた女性用トイレが、朝から、使用できるようになった。

このことも嬉しかったが、それ以上に、谷村が、ホッとしたのは「故障」、「修理中」、「使用できません」といった言葉を、使わなくてもよくなったことである。谷村は、そうした言葉が、何よりも、嫌いなのである。そうした言葉を、なくすために、自分は、この東京駅の駅長をしているとさえ谷村は、思ったことも、あった。

ところが、その日の午後になって、今度は、東北新幹線の、待合室そばの女性用トイレが、同じように、狙われたのである。

事件の形も、前のケースと、全く同じだった。こちらの女性用トイレの個室の壁に、前と同じように、幾筋もの赤い血液と思われるものが流れ、同じように「はせがわちかのウラミ」という血文字が、書かれていたのである。

谷村からの知らせを受けて、十津川警部たちが、東京駅に、駆けつけた。

谷村は、少しばかり、不機嫌になっていた。十津川の顔を見るなり、

「また同じことが、起きたんですよ。いったい、誰が、こんなひどい、イタズラをやっているんですかね。それで、十津川さんに、おききしたいんだが、東京駅で起きた例の殺人事件は、解決の目星は、ついたんですか？　容疑者は、浮かんだんですか？」

強い口調で、きいた。

谷村は、十津川が、どういう弁明をするかと思ったのだが、

「実は、あの殺人事件の犯人は、すでに、逮捕していますと、十津川にいわれて、今度は、谷村のほうが、面食らってしまった。

「本当ですか？　犯人が、逮捕されているのなら、どうして、発表されないんですか？」

「二日前の、夜なんですが、捜査本部のある丸の内警察署に、三十歳の男が、自首をしてきたんです」

「本当なんでしょうね？」

「本当です。名前は、平野洋介《ひらのようすけ》。東京駅構内のドームで、長谷川千佳に、青酸カリ入りの

缶コーヒーを飲ませて殺したと、いっています」

「その男は、なぜ、殺したといっているんですか？」

「長谷川千佳が好きになって、告白したのだが、冷たくされた。そこで、彼女をつけ回したり、自分と付き合ってくれなければ、殺してやるといった脅迫電話をかけたりした。ストーカー行為に走ったんですね。しかし、ますます、彼女は、冷たくなった。あの日、長谷川千佳が、東京駅にいるのを、見つけた。明らかに、男を待っている様子だった。ついカッとなり、自殺するつもりで持っていた、青酸カリを缶コーヒーに混ぜて、彼女に、飲ませて殺した。平野は、こう、証言しているんです」

と、十津川が、いった。

「それなら、あの殺人事件は、解決したわけですね？」

「そうなら、いいんですが、いろいろ調べていくと、どうも、この平野洋介という男が、長谷川千佳殺しの犯人だとは、思えなくなってくるんですよ」

「しかし、平野洋介という男は、自分から、丸の内警察署に出頭してきて、長谷川千佳を殺したと、いっているんでしょう？　それに、動機の説明もきちんとしているし、殺人に、青酸カリが、使われていることだって、ぴったり一致しているじゃないですか？　それなのに、どうして、平野洋介が、犯人ではないと考えるんですか？　そう考えるだけの、何か、根拠があるんですか？」

「はっきりとした根拠があるわけではないのですが、強いていえば、この平野洋介という男の冷静さとでも、いったらいいいですかね。好きな女を殺したというのに、なぜ冷静なのか、それが、どうしても、腑に落ちないのです」

「平野洋介は、どんなふうに、冷静なんですか？」

「平野は、自分が、長谷川千佳に対して、ストーカー行為をしていたことは、認めています。それなのに、長谷川千佳が、自分に冷たいことに腹を立てて、カッとして、自殺するために用意しておいた、青酸カリを使って、彼女を殺したと、いっています。平野という男の犯行と考えると、感情の激しさが、殺人に、走らせたとしか思えないのです。彼女のことを、憎んで殺したわけですよ。憎むだけの激しい感情を持っていた。だから、相手を、殺してしまった。話としては、納得できるんですが、この男を尋問していると、言葉は、たしかに激しいのに、態度が、冷静そのものなんです。こちらが、質問することに対して、冷静に考えながら、一つ一つ、言葉を、選んでしゃべっているように思えて、仕方がないんですよ。自分のことを無視している。その上、ほかの男とデートをしている。そのことが、我慢できなくなったと、平野は、いっているんですが、調書を取って、後から読み返してみると、激情にかられて、好きになった女を殺してしまった男の調書とは、どうしても、思えないのですよ。まるで、冷静な記録を、読んでいるような、気がしてくるんです。私のこれまでの、経験からすると、あの男は、どう見ても、今回の殺人事件の犯人とは、考えにくいのです」

「それでは、その男を、釈放するつもりですか？」

「いや、しばらくは、釈放しません」

「どうしてですか？」

「今も申し上げたように、私には、この男が犯人だとは、とても思えないのです。しかし、殺人そのものには、関係していないにしても、少なくとも、今回の殺人事件に、何らかの意味で、関係している人間だということは、間違いないと、思うのです。それで、しばらくは釈放せず、さらに、取り調べてみようと思っています」

「それで、どうなるんですか？」

「被害者の長谷川千佳は、あの日、数時間、東京駅のドームの柱の、ところにいて、時には、柱に、寄りかかったり、また時には、座り込んだりしていました。その間、監視カメラが、そのドーム全体を、撮影していました。当然、その中に、長谷川千佳の姿も写っているのです。取り調べの時、平野洋介という男は、その数時間の、長谷川千佳の様子を、こと細かに、描写してみせたのですよ。平野洋介は、直接の動機の説明をする時に、長谷川千佳の様子を、じっと観察していた。あれは、どう見ても、男と、待ち合わせをしている女の姿だと、その時のことを、われわれに話したんですが、平野のその説明は、長谷川千佳の様子を見ていなければ、できないほど詳細で、間違いのない描写なんですよ。ですから、彼は、長谷川千佳を、殺した犯人ではないかもしれませんが、あの殺人事件に、何らかの意味で、関係している。私は、そう、考えました。犯人として、長谷川千佳をじっと見ていたのではなくて、何か、別の理由があって、長谷川千佳を、見つめていたのではないか？　ひょっとすると、真犯人を知っているのではないか？　そう、考えたので、平野洋介は、すぐには、釈放しないことにしたのです」

と、十津川が、いった。

4

この後、十津川は、谷村に、向かって、

「世の中には、困ったことをする人間も、いるもんですね」

駅長室に来る前に、十津川は、事件のあった、女性用トイレを、ほかの刑事たちと一緒に見てきていた。

「私も、困っているんですよ。昨日、女性用トイレがイタズラされて、その修復に、一日かかってしまいました。また使えるようになったので、ホッとしていたら、また別の場所で、女性用のトイレが、同じようにイタズラされて、しまいました」

「それにしても、一回目と、今度のイタズラは、全く、同じですね。個室のトイレの壁に、前と同じように、血液のようなものを幾筋も流し、『はせがわちかのウラミ』と血文字を書く。おそらく、今回も、動物の血を、使ったのでしょうが、壁の汚し方が、前回と、全く同じです」

「その女性用トイレを、使おうとした女性が、壁の血液に気づいて、悲鳴を上げて大騒ぎになったのも、前と同じです。十津川さんは、この、イタズラについて、どう思われますか？　いったい、どこの誰が、何のために、こんなイタズラを、二回も続けて、やっているのか、想像がつきますか？」

と、谷村が、いった。

「公共の建物に、イタズラをする人は、よくいます。神社やお寺、ホテルなどの壁に、イタズラ書きを、する。そういうことをする人間は、子供だけではなく、大人でも、結構たくさん、いるんですよ。しかし、今回の場合は、東京駅で、実際に殺された長谷川千佳という女性の名前を、血文字で、書きつけていますから、単なるイタズラとは考えにくい。

長谷川千佳が、東京駅のドームで、殺された事件のことを詳しく知っている。おそらく何らかの意味での関係者が、やっているとしか思えません」

「私は、犯人が、東京駅の怪談を作ろうとしているのではないか？　そんなふうにも、考えてしまうのですよ」

と、谷村が、いう。

「怪談というと、化けて出る、あのお化けのことですか？」

十津川が、つい、笑ってしまったのは、谷村の話が、現実離れをしていて、それなのに、谷村が、生真面目な表情で、話しているからである。

それでも、谷村は、構わずに、真剣な表情のまま、自分の考えを口にした。

「大きな建物や、歴史的な建造物には、往々にして、怪談話が、ついてまわります。何でも、首相公邸に、お化けが出るという話じゃありませんか？　東京駅は、歴史のある古い建物ですが、今まで、幽霊が出るという話は、きいたことがありませんでした。ですから、誰かが、この東京駅にも、その歴史にふさわしい、怪談を作ってやろうと思って、こんなイタズラを、しているんじゃありませんかね？」

「なるほど。それで、殺人事件の、被害者である長谷川千佳の名前を、使ったということですか？」

谷村の怪談話に、興味が湧いたのか、十津川は、体を、乗り出すようにして、谷村の顔を、見た。谷村がしゃべる。

「怪談ということになると、タイプが二つあって、全く架空の、例えば、カッパのようなものが、出てくる話と、実際の人物が出てくるもの、例えば、東京駅で死んだ女性が、幽霊になって出てくるタイプの、二種類の怪談がありますね。こんなイタズラをしている犯人は、長谷川千佳という女性が、東京駅のドームで殺されたことを利用して、それなら、彼女の幽霊を出すことにしてやろう。そんなふうに考えて、女性用のトイレの壁に、血を流したり、長谷川千佳の名前を血で、書いたりして見せた」

「つまり、この東京駅に、怪談話を、作ってやろうとしている人間がいる。その男は、いや、もしかすると、女性かも、しれませんが、女性用トイレの個室に、血液と、長谷川千佳という、東京駅で起きた殺人事件の、被害者の実際の名前を使って、幽霊話を作ろうとしている。駅長さんは、そんなことを考えておられるというわけですね？」

「そうです。世の中には、そういうことを考えて、面白がっている人間もいますから」

「駅長さんが、考える、そんな人間が、実際にいたら、東京駅にとっては、大変、迷惑な話ですね」

十津川の顔は、まだ、半信半疑の表情のままである。

この後、谷村は、十津川と、東京駅のさまざまな場所に、設置されている監視カメラの映像を、チェックした。

東京駅には東北新幹線、上越新幹線などの乗客に対する、待合室があり、その横にはたいてい、トイレがある。その待合室の周辺を、監視カメラが映し出す。

谷村と十津川、それに、十津川の部下の刑事が、その監視カメラの、映像を見ながら、話し合った。

例えば、万引き犯や盗撮犯を見つけるのであれば、監視カメラの映像に映っている、怪しげな行動を取っている人間を、チェックすればいいのだが、今回は、女性用トイレの、個室の壁に、イタズラ書きをした人間を、見つけようというのである。

待合室から、出たり入ったりしている乗客たちや、あるいは、トイレに行ったり、出てきたりしている乗客たちは、映っているとしても、肝心のトイレの個室で、犯人が、壁に血液らしきものを流したり、「はせがわちかのウラミ」という血文字を書いたりしているところを、映した映像は、もちろんない。

顔を見ることができるのは、トイレに入る時か、出てきた時しかない。だから、その映像で、トイレに、イタズラをした人間を見つけるのは、難しかった。

すでに業者が来て、イタズラされたトイレの修復に、当たっている。明日の朝までには、修復が終わるだろうと、谷村は、思っていた。

5

駅長室に戻ると、谷村は、急に不安げな表情になって、

「さっきは、東京駅の、お化け騒ぎを起こそうとして、妙なイタズラをしている人間が、いるんじゃないかと思って、そんな話を、十津川さんにしたんですが、どうも自信がなくなってきました」

「いやいや、なかなか、面白い推理ですよ。あなたは、東京駅の、駅長として、毎日、この広い東京駅の中を、歩き回っているからこそ、そういう発想が、出てくるんです。刑事の私には、とても、考えつかない発想ですよ。感心しました」

「実は、本当に心配なのは、別のことなんです」

「それを、ぜひ伺いたいですね」

「最初の女性用トイレのイタズラの時は、正直いって、それほどの、ショックはなかったんです。ところが、トイレの修理が終わったと思ったら、今度は、別のトイレが、狙われました。それで、急に、心配になってきたんですよ」

「どういう心配ですか？」

「二件も続けて、同じような、悪質なイタズラが起きると、これは何か、事件の前触れではないかと、考えてしまうんです」

「駅長さんは、どんな事件の、前触れだと考えているんですか？」

「もっと大きな事件の、前触れです。例えば、東京駅のトイレに、爆弾を仕掛けるといった、そんな、過激な事件の前触れではないかと、考えてしまうんです」

「トイレに爆弾ですか？」

「そうなんですよ。それで想像が止まってくれれば、いいのですが、駅長をやっていると、どうしても、物事をよくない方向へ、最悪の場合へ、考えてしまいがちになるんです。次に、犯人が、女性用のトイレに爆弾を仕掛けるんじゃないだろうか？　その次には、犯人が、いう通りにしないと、東京駅を爆破すると脅かして、多額の金銭を、要求してくる。こちらが拒否すると、東京駅が爆破されて、何十人もの、死傷者が出る。そんなシーンまでが、頭の中に、浮かんでしまいましてね。心配で仕方がなくなってしまうんですよ」

　と、いって、谷村は、苦笑いした。

「しかし、今のところは、二件とも、単なるイタズラで、終わっていますよね？　たしかに、女性用トイレに、イタズラをされて、知らずに入った女性が気絶をする騒ぎにはなりましたが、それ以上には、まだなっていないわけでしょう？」

「ええ、そうです。私も、できれば、これで終わってほしい。この段階で、犯人を逮捕してほしいんですが、どうも何となく」

「何となく、どうしたんですか？」

「こういうイタズラが、これから先も、続くような気がして、仕方がないのです」

谷村が弱気になっているのは、こうしたイタズラを防ぐ方法が、見つからないからである。それに伝染するからである。

女性用トイレの個室ばかりが、狙われていることを考えると、犯人は、女性かもしれない。そうだとして、その女性が、ハンドバッグの中に、動物の血を入れた瓶か、ペットボトルを、隠し持っているとしたら、それを防ぐ方法がない。トイレを利用する女性客を、いちいち、ボディチェックするわけにはいかないからだ。

それに、個室の、トイレに入ってしまえば、中で、何をしていても、外からは分からないし、長い時間出てこないからといって、調べるわけにもいかないのだ。

6

捜査本部に戻った十津川は、留置している平野洋介を取調室に連れてきて、もう一度、訊問することにした。

「今、東京駅では、妙なイタズラが流行っているんだが、知っているか？」

「いや、俺は、何も知らない」

「君が、自首してきた後で、起きた事件だったな。実は、東京駅の、女性用トイレの壁に、誰かが血を流したり、血を使って、長谷川千佳の名前を、書いたりしている。知らずにトイレに入った女性が、それを見て、悲鳴を上げて、大騒ぎに、なった。東京駅では、すぐに、壁のイタズラ書きを消して、使えるようにしたが、今度は、別の、女性用トイレで、全く同じような、イタズラがされた。個室の壁に、血のようなものが流され、長谷川千佳の名前が、書かれていた。全く同じイタズラだ。悪質なイタズラだ。それで、君に、きくんだが、この犯人に心当たりはないか？」

十津川が、きいた。

「私は、長谷川千佳という女性を殺した。そんな人間が、あんたが、いったような、バカげたイタズラはしないし、興味もない。それよりも、一刻も早く、私を殺人の罪で、起訴したらいいじゃないか？　なぜ、ためらっているんだ？」

「今、私がいったトイレの、イタズラなんだがね。犯人は、女性用トイレの壁に、血液を流したり、血文字で『はせがわちかのウラミ』と書いている。つまり、君が殺したという女性の名前だよ。そうなってくると、このイタズラも、どこかで、亡くなった長谷川千佳と、結びついているんじゃないかと、思ってしまうんだが、君は、どう思うね？」

「今もいったように、そんなバカげた、イタズラを、俺は、しないし、そんなことについて考えたくもない。俺にとって、関心があるのは、長谷川千佳を、殺したという事実だけだ」

「君は、長谷川千佳が、好きで好きで、仕方がなかったと、いった。だから、ストーカー行為に、走った。しかし、向こうは、君のことを、一向に、好きになってはくれなかった。それどころか、ほかの男とデートしていた。だから、君はカッとなって、彼女を、殺してしまった。そうだったな？」

「ああ、そうだよ。何回も、そういっているじゃないか」

「今でも、死んだ長谷川千佳のことを、思い出すことがあるんじゃないのか？」

一瞬、平野洋介は、目をつぶったが、すぐ、目を開け、十津川を、見つめて、

「俺は、彼女のことが、本当に好きだったからな。今でも、もちろん、思い出すさ」

「それなら、今、東京駅に、長谷川千佳のお化けがいるように、見せようと、イタズラを繰り返す人間のことが気になるんじゃないのかね？」

「それとこれとは、話が全く違う。そんな人間のことなど、俺には、何の興味もないし、関係ない」

「君は、人間が死んでも、恨みを持って、幽霊になって出てくる。そんな話を、信じるかね？」

と、十津川が、きいた。

「信じないが、それでも、幽霊でもいいから、彼女が、出てきてくれたらと思うことはある」

「もし、長谷川千佳が、幽霊になって出てきたら、君は、どうするつもりかね？」

「まず、殺したことを、詫《わ》びる。できれば、許してもらいたい」

十津川は、黙って、平野の顔を、見た。この男は、いったい、何のために、自首してきたのだろうかと、十津川は、考えてしまうのだ。

普通、無実の人間が自首するというと、真犯人が別にいて、その真犯人を、かばうために自首してくることが多い。

しかし、この、平野洋介という男を見ていても、誰かをかばうために、自首してきたようには、思えなかった。

ただ、この男は、長谷川千佳を殺した、真犯人を知っていると、十津川は、確信していた。

翌日の早朝、午前七時頃、谷村駅長から十津川に、電話が入った。

「すぐ来ていただけませんか？」

いきなり、谷村が、いった。

「何かあったんですか？」

「それを、十津川さんにも、一緒に考えていただきたいのです。とにかく、来てください」

十津川は、亀井刑事に、

「東京駅で、また何かあったらしい。急いで行ってくる」

と、いって、捜査本部を、後にした。

丸の内側で、パトカーを降り、東京駅の構内に入っていくと、何となく、辺りが、騒然としていた。

谷村駅長が、十津川を見つけて、駆け寄ってきた。

「どうしたんですか？」

と、十津川が、きく。

「例のイタズラですよ。また、やられたんです。犯人のしつこさが、少しばかり怖くなりました」

と、谷村が、いった。

彼の説明によると、昨日、イタズラされた女性用トイレの修復が、今朝早くできたのでホッとしていると、今度は、在来線の待合室の近くにある、女性用のトイレで、全く同じような事件が発生したというのである。

十津川は谷村に案内されて、在来線の待合室の横にある、女性用トイレに、足を運んだ。

すでに入口のところに、ロープが張られ、「故障中」の札が、掛けられていた。

ロープをくぐって、中に入っていく。

いちばん奥の、個室の扉が開いていて、中を覗くと、壁には、前と同じように、血液らしいものが、何筋も流れ、「はせがわちかのウラミ」の血文字があった。

「何も知らずに入った女性が、悲鳴を上げて大騒ぎに、なりました。前の二回と全く同じです」

と、谷村が、いう。

「たしかに、前と同じですね」

「修理をするのは、業者に、やってもらうのでいいんですが、同じような事件が、これで、三回も続けて起きたので、新聞や週刊誌が、あることないこと、面白おかしく、書き立てるに違いありません」

「どうやら、谷村さんの予言が、当たりそうですね」

と、十津川が、いった。

「私の予言？」

「そうですよ。昨日、おっしゃっていたじゃありませんか？　誰かが、東京駅に、幽霊騒ぎを起こそうとしている。三回続けて全く同じような事件が起きたので、駅長さんがおっしゃったように、マスコミが、面白おかしく、書き立てますよ。そうなると、東京駅に幽霊が出るというウワサが、生まれてきますね、間違いなく」

「私が知りたいのは、いったい、誰が、何のために、こんなことを、執拗に繰り返しているのか、ということです」

谷村が、いった時、突然、二人の背後で、フラッシュが焚《た》かれた。

振り向くと、カメラマンらしき男が、プロ用のカメラをかついで、さっさと、逃げていくところだった。

間違いなく、今日の夕刊には、この写真が大きく載るだろう。

十津川は、部下の刑事と鑑識の担当者を呼んで、この、女性用トイレを徹底的に調べることにした。単なる、イタズラでは片づけられないものを、感じたからである。

ここまで執拗に、同じイタズラが、繰り返されるところを見ると、単なる面白半分のイタズラとは、とても、思えなかった。

しかし、このイタズラの先に、いったい、何があるのか、十津川にも、分からないのである。

第五章　関連を探る

1

東京駅の女性用トイレへの奇妙なイタズラは、しばらく続き、突然、止んだ。

その代わりのように、東京駅の女性用トイレでは、暗くなると、幽霊が現れるというウワサが広まり、こちらのほうは、なかなか、消えることがなかった。どうやら、無責任に、東京駅の女性用トイレに、幽霊が出るというウワサを流している者がいるらしいと、駅長の谷村に、教えてくれる人間もいた。

しかし、その正体がなかなかつかめず、しかも、相手は、どこまでも、執拗だった。そのためか、幽霊話は、一向に、消えず、定着してしまった。

そのうちに、インドネシアからの、運輸大臣一行の来日の日が、迫ってきた。

一週間前の四月二十一日、午後一時から、主な関係者を駅長室に集めて臨時会議が開かれた。

外務省から、南東アジア第二課長と、もう二人、警護に当たる警視庁からは警部と刑事、そして、東京駅側からは、駅長の谷村と、助役の一人が参加した。

まず、外務省の南東アジア第二課長から、正式なインドネシアの視察団一行の、来日スケジュールなどが、報告された。

「すでにご存じのように、来週の二十八日から、インドネシアの高速鉄道視察団の一行が来日します。人数は、団長を務める、運輸大臣のJ・P・スハルノ氏以下、全部で十名です。インドネシアは、アジアの中で、中国、インドに次いで、経済的に急成長を遂げています。そこでジャワ島に、初めての、高速鉄道を走らせようという計画が生まれました。そこで、まず東京・新大阪間を走る三種類の新幹線に乗ってみたい。つまり、『のぞみ』、『ひかり』、『こだま』に乗車をという、インドネシア側の要望があります。また、ミニ新幹線にも乗ってみたいと希望しています。そこで、秋田新幹線にも乗車を考慮して欲しいということですが、列車関係は、谷村駅長に、配慮をお願いしたい。また、参考までに申し上げると、インドネシアで使われている言語は、マレー語の一方言です。それがインドネシア共和国の公用語として使われていますが、運輸大臣の、スハルノ氏と、その秘書の二人は、英語も話せると聞いています。言葉の問題は大切なので、向こうが日本語に堪能《たんのう》な通訳を同行してくることになっていますが、万一を考えて、外務省からは、英語、インドネシア語に通じている、畑中美恵子《はたなかみえこ》という女性を用意しております」

会議には、警視庁から警護に当たる十名の刑事のリーダーとして、十津川警部が参加しているのは、まだ未解決の殺人事件のせいである。十津川は、外務省の南東アジア第二課長に向かって、

「確認させていただきたいことがあるのですが」

「何でしょうか？」

「来日する運輸大臣の名前が、スハルノ氏となっていますが、前の、インドネシアのスハルノ大統領と、何か関係がある方なのでしょうか？」

と、十津川が、きいた。

「関係はあります。スハルノ一族というのは、インドネシアでは、もっとも、力のある親族集団といわれています。今回来日するスハルノ運輸大臣も、その一族の中の一人です。スハルノ大統領は、軍人から、大統領になりましたが、スハルノ運輸大臣も、同じように、軍人から運輸大臣になっています」

課長が、説明した。

「これは、新聞で、読んだのですが」

と、十津川は、断ってから、

「現在、インドネシアでは、スハルノ一族があまりにも、強大な権力を握っているので、それに対する反感も強く、スハルノ一族へのテロ行為を、画策しているグループもあると、書いてあったのですが、これは、事実ですか？」

「たしかに、スハルノ一族に対する、反感はありますが、軍隊が、スハルノ一族を支持していますから、その限りでは、テロ行為が、現実のものになったり、現在の、政権が交代するようなことは、あり得ないと、われわれは、そう考えています」

と、南東アジア第二課長が、答えてから、今度は、谷村駅長に向かって、

「電話でも、お話ししましたが、一行は、東京駅のステーションホテルに、三日間泊まることになっています。ステーションホテルの最高の貴賓室と、その両隣の部屋を二つ、確保していただくことになっていますが、これは、大丈夫でしょうか？」

「大丈夫です。今から、四月三十日まで、貴賓室と、その両側の部屋は、すでにリザーブ状態にしてあり、他の予約客は入れないようになっています。後ほど、アジア課長さんに、その部屋を見ていただいて、何か足りないものとか、気がついたことがあったら、遠慮なく、おきかせください。こちらとしては、インドネシア運輸大臣一行を迎えるにあたって、

宗教儀礼や食習慣などについて、教えていただきたいと思っています。それと、一つおききしたいことがあるのですが」

「何でしょう？」

「今回来られる一行は、全員が、イスラム教の方ですか？」

と、谷村が、きいた。

「その通りです。全員がイスラム教ときいています。インドネシアでは、人口の約九十パーセントが、イスラム教徒です。ですから、食事の問題もありますし、毎日の礼拝のこともありますから、これから貴賓室を見にいったあと、谷村駅長と確認し合いたいと思っています」

と、課長が、いった。

2

このあと、谷村駅長は、外務省の南東アジア第二課長たちを、ステーションホテルの、貴賓室に案内した。この部屋は、一泊八十万円といわれている、ステーションホテルでは、もっともグレードの、高い部屋である。谷村はその部屋を、課長に、見てもらったあと、来日する一行が、イスラム教徒であることから、食事などの制限とか、あるいは、毎日の礼拝とか、それらについての、注意事項を、きいた。

また、一行が来日中、あるいは、ステーションホテルに、宿泊中に掲げるインドネシアの国旗は、すでに、用意してあったが、谷村は、それが間違いないかを、課長に確認した。

谷村駅長は、

「実は、全駅員に、インドネシアというのは、どういう国なのかを、簡単に記したメモを、配布しておこうと思っています。これが、そのメモの、原案なのですが、間違いがないかを一応、確認してください」

そのメモには、インドネシア語での、簡単な挨拶を記し、インドネシアの習慣も書き、そのほか、インドネシアの国旗が描かれ、さらに、インドネシアの人口は、約二億四千万人、首都はジャカルタで、ジャカルタの人口は、九百六十万人といったことも記入してあった。

宗教は、イスラム教が約九十パーセント、そのほかは、キリスト教、ヒンズー教などである。名目GDPは八千七百九十四億ドル、平均年収は、千二百十ドルとなっている。農水産業に従事する人口が多くて、全人口の五十パーセント。平均寿命は男六十八歳、女七十一歳。

そんなことを記入したメモである。

もちろん、谷村が、そのメモに書かなかったこともある。谷村は、ジャカルタに一度行ったことがあり、その時に感じたインドネシアのマイナス面である。例えば、いまだに汚職や賄賂が無くならないし、ジャカルタ市内に地下鉄を走らせると、前年口にしていながら、依然として、作られていないことなどである。

3

谷村駅長は、一行の警護に当たる警視庁の十津川とも話し合いを持った。

駅長室で、二人だけになると、谷村が、十津川に、きいた。

「さっき、十津川さんが、外務省のアジア課長に、きかれたことは本当ですか？」

「スハルノ一族に対する反感ということですか？」

「ええ、そうです」

「間違いなく、反感を、持っている人たちがいますね」

「いったい、どのくらい、いるんですか？　その人たちは、世界的に見て、過激な部類に入りますか？」

「どれくらいの人間がいるのかは、分かりません。スハルノ一族の中に、さまざまな事業に、進出する人間が増えてきましてね。その人間たちが、インドネシアの産業を、支配するようになってきたんですよ。そのせいで、若者たちの間に、スハルノ一族に対する反感が、以前よりも、強くなったといわれています」

「日本人の中にも、同調者が、いると思いますか？」

「これもはっきりしませんが、日本にいるインドネシア人が、インドネシア料理の店を、開いたりしていて、日本の若者たちと、接触する機会が、自然に、多くなってきています。そうした日本の若者と、日本にいるインドネシア人との交流も、盛んですからね。その中に、反スハルノ勢力に、同調する日本人もいるかもしれません」

「これは、私の勝手な想像かもしれませんが」と、断って、谷村が、いった。

「十津川さんも、よくご存じのように、東京駅のドームの中で、長谷川千佳という女性が、殺されました」

「もちろん。私が担当していますから。犯人と自称する男が、丸の内警察署に自首をしてきていて、現在、留置していますが、どう考えても、この男が犯人とは思えない。真犯人は、別にいると、考えています」

「一応、あの殺人事件は解決したと、私は、思っているのですが、あの事件から、駅の中の女性用トイレで、奇妙なイタズラが頻発しました」

「あのイタズラは、すでに、終息したんじゃありませんか？」

「そうなんですよ。このところ、トイレに対するイタズラは、全く、起きていません。ただ、東京駅の、女性用トイレには、夜になると幽霊が出るという妙なウワサが、立ちましてね。こちらのほうが、一向に、消えてくれないんですよ。東京駅の幽霊話を、無責任にいい触らしている人間が、いるらしくて、こちらとしては、それが、どうにも、心配なんです」

と、谷村が、いった。

「谷村さんは、その幽霊話が、どうして心配なんですか？」

と、十津川が、きいた。

「これは、私の勝手な、想像なんですが、この幽霊話と、一週間後に来日する、インドネシアの一行と、何か関係があるのではないか？　四月二十八日から三十日まで、インドネシアの運輸大臣一行がやって来ることを、踏まえて、わざと、幽霊話をいい触らしているのではないか？　そんなバカなことを、考えてしまうのですよ」

と、谷村が、いった。

「しかし、幽霊が出るというウワサは、東京駅の、女性用トイレでしょう？　インドネシアの一行が泊まるのは、東京駅の、ステーションホテルですよ。直接的な関係はないんじゃありませんか？」

「そうかもしれませんが、ステーションホテルは、東京駅の中に、あるんですよ。幽霊話は、ステーションホテルの従業員の中にも、広まっているんです」

「谷村さんは、今回来日するスハルノというインドネシアの運輸大臣は、スハルノ一族の人間だから、そのスハルノ一族に反感を持つインドネシアの人間や、それに、同調する日本人が、わざと、東京駅の女性用トイレに、あんなイタズラをして、妙な幽霊話を広めている。そう考えているわけですか？」

「その可能性がないとはいえないと、思っています」

谷村は、慎重ないい方をした。自分でも、バカげた考えだと思っているのだ。

「しかしですね、谷村さんの想像が当たっていて、スハルノ一族に、反感を持つインドネシア人が、この日に来日して、日本人の同調者と一緒になって、何かもくろんでいるとしても、幽霊話が、どんな武器に、なるというんですか？　インドネシアの一行の中には、幽霊が、嫌いな人もいるかもしれませんよ。しかし、だからといって、そのことが、一行に、打撃を与えることになるとは、とても、思えませんね」

と、十津川が、いった。

「たしかに、そうなんですが――」

谷村が、あいまいな、返事をする。

「それにですよ」

十津川が、追い討ちをかけるように、

「幽霊話のもとになった事件が、東京駅で起きていますよね？　東京駅のドームで、長谷川千佳という女性が、殺された。谷村さんは、この事件も、幽霊話を作るために、何者かが起こした事件だと、そう、考えていらっしゃるんですか？」

「もし、幽霊話が、四月二十八日からのインドネシアの運輸大臣一行の来日に、関係があるとすると、今、十津川さんがいわれた、実際の殺人事件とも関係があると、思わざるを得ませんが」

と、谷村が、いった。

「谷村さんの、想像によれば、幽霊話を作るために、あの殺人事件が、起こされたことになるわけでしょう？」

「それはそうなんですが」

「幽霊話を、作るためなら、何もあんな事件を、引き起こす必要は、なかったんじゃありませんか？　最初から、東京駅の女性用トイレの中に血を流すイタズラを、仕掛けるだけで、幽霊話は、生まれるんじゃありませんかね」

「たしかに、十津川さんが、おっしゃるように、幽霊話のウワサを、流すだけなら、本当の殺人事件は、必要ありませんね」

「幽霊話と関係なく、四月二十八日のインドネシアの運輸大臣一行の来日に備えて、あんな殺人事件を、引き起こしたことになってくるじゃありませんか？　そうなると、あの殺人事件が、インドネシア運輸大臣の一行の来日と、どこかで、関係があることになります。一行に対して、テロを、考えているグループがいて、そんなグループが、起こした殺人事件だということに、なってきますよ。そうなってくると、あの殺人事件のどこが、インドネシア一行の来日と関係があるのか、どう考えても、分からないんですよ」

と、十津川が、いった。

「たしかに、十津川さんのいわれる通りですが、私は単純に、女性用トイレに幽霊が出るというウワサ話、何者かが、執拗にこのウワサ話を、広めていますから、インドネシアの運輸大臣一行の来日と、どこかで、関係があるのではないかと、考えてみたんですよ。そうなると、東京駅のドームでの殺人事件も、当然、関連してくる。そんなふうに、単純に、考えているんです。そのくせ、あの殺人事件が、どう関係してくるのか、それが、分からんのですよ」

「とにかく、あまり、考えすぎないほうがいいと思いますよ」

十津川が、いうと、最後に、谷村のほうが、笑いながら、

「十津川さんと、お話をしているうちに、今回の幽霊話は、インドネシアの、運輸大臣一行の来日とは、関係がないように思えてきました。少しばかりホッとしましたよ」

と、いった。

4

十津川は、捜査本部に戻ったが、谷村駅長とは逆に、彼のほうが、気になってきた。

十津川は、身近にいる亀井に向かって、その心配を打ち明けた。

「東京都内にあるインドネシア料理の店を、一軒ずつ、調べてみてほしいんだ。店のオーナーのインドネシア人が、本国の、インドネシアでは、どういう地位に、いたのか、政治的に、どんな考えを、持っているのかを、知りたい。もし、スハルノ一族に反感を持っているとなったとしたら、その人間を徹底的に調べてもらいたいんだ」

すぐ、部下の刑事たちは、東京都内にあるインドネシア料理の店を、調べ始めた。

これには、外務省の助けも借りた。また日本にある、インドネシア大使館に勤務する人

たちの、協力も得た。

次の日になって、一軒の、インドネシア料理の店と、店主のことが、十津川に、報告されてきた。

それは、池袋駅近くの、雑居ビルの中にあるインドネシア料理の店で、店主は、三十代のヤンという名前の、中国系インドネシア人だという。

外務省の話によれば、ヤンは、来日する前、ジャカルタの市内に、住んでいて、スハルノ一族に反対する人間数人で、グループを作っていて、反スハルノのチラシを、作って配ったりしていた、という。

ところが、仲間の一人が、スハルノ運輸大臣の車に、爆弾を仕掛けようと計画し、それが、事前にバレて、逮捕されてしまった。

ヤンは、それを知って、いち早く国外に脱出し、日本に入国した。

その後、日本にいる、インドネシア人の仲間の助けを借りて、池袋の雑居ビルの中に、インドネシア料理の店を出した。

十津川が、注目したのは、ヤンを助けた、日本人のグループの中に、長谷川千佳を殺したといって、自首してきた、平野洋介の名前が、あったからだった。

5

十津川は、留置した、平野洋介を呼び出した。

十津川はまず、反スハルノ勢力に対する、支援者の話をしてから、平野洋介を、追及したが、彼は、別に慌てる様子もなく、落ち着いた感じで、

「ヤンさんを、助けていたのは、何も、僕一人だけじゃありませんよ。日本では、何人もの若者が、グループを作って、何とかインドネシアに、本物のデモクラシーを根づかせようと思って、頑張って、活動しているんです。インドネシアでも、同じ運動をやっているグループがあって、その中の一人が、警察に捕まってしまい、ヤンさんは、身辺が、危なくなったといって、日本に来ているんです。だから、僕たちがヤンさんを助けるのは、当たり前の話じゃありませんか？　それとも、外国人を庇護《ひご》するのは、法律違反になるとでも、いうんですか？」

十津川の顔をまっすぐに見て、いった。

「君は、東京駅のドームで、長谷川千佳という女性を、殺したといって、自首してきたんだな？」

「ええ、そうですよ。何度も、そうだといっているじゃありませんか？」

「本当は、君が、殺したんじゃないんだろう？　真犯人は、別にいるはずだと、われわれは、考えている。その真犯人と君は、どこかで、つながっているんだ。つまり、君は、真犯人を、逃がすために、自首してきた。従って、真犯人のことも詳しく知っているし、殺された、長谷川千佳のこともよく知っていると、われわれは思っている」

「刑事さんが、そう思うのなら、それで、いいじゃありませんか。僕は別に、否定も、反論もしませんよ。とにかく、僕を早く起訴して、裁判に、かけたらどうなんですか？」

「早くしろというと、四月二十八日までに、起訴しろということか？」

十津川が、いった途端に、平野の顔色が、変わった。

「どうやら、今の質問が、君の急所に命中したらしいな。四月二十八日には、インドネシアから、運輸大臣の一行が、日本の新幹線を、視察するために、東京にやって来る。それまでに、君は、犯人だから、早く起訴しろと、いっている。四月二十八日以前に、起訴されないと、君は困るんだ。いや、君の仲間というべきか。だから、顔色が変わった。そうなんじゃないのか？」

「刑事さんが、何をいっているのか、全く、分かりませんね」

「いいかげんに、本当のことを、話してくれないかね？　東京駅の構内で、長谷川千佳という若い女性が、殺された。そのことと、四月二十八日から、三十日まで、インドネシアの運輸大臣一行が、新幹線の視察のために、日本にやって来ることが、どう、関連しているのか、それを、正直に、話してもらいたいんだよ」

「警察は、僕に、いったい、何回同じことをいわせれば、気が済むんですか？　僕は前からずっと、長谷川千佳が好きだった。それで、彼女に対して、ストーカーめいたことをしましたよ。それは間違いありません。認めますよ。それなのに、彼女はあの日、あろうことか、ほかの男と東京駅で、待ち合わせをしていたんですよ。だから、ついカッとなって、彼女を、殺してしまったんです。これで、十分なんじゃありませんか？　ほかには、何の理由も、ありませんよ」

と、平野が、いった。

「それじゃあ、彼女を殺すために使った青酸カリは、どうやって、手に入れたのかね？　あの時、君は、どうして、それを、持っていたのかね？　その点を、こっちが納得できるように説明してくれないか？」

この質問を、十津川は、すでに五回も平野にしていた。

「ちゃんと答えたはずですよ。僕は、青酸カリを手に入れて、それを使って、彼女を、脅かすつもりだったんですよ。僕のことを、どうしても、好きになってくれないのなら、この青酸カリで、自殺する。そういって、青酸カリを、見せて脅かせば、彼女の気持ちが、変わるかもしれない。そう思っていつも持っていたんです。この時は、彼女を、殺そうなんて考えてもいませんでした」

「しかし、結果的に、君は、長谷川千佳を殺してしまった。彼女を殺す必要はなかったんじゃないのかね？」

「たしかに、冷静に考えてみれば、そうかもしれない。刑事さんのいう通りですよ。しかし、僕のいうことを、聞いてくれないという段階では、まだ少しですが、彼女が、僕のほうを、向いてくれるかもしれないという希望を、持っていたんです。ところが、彼女は、僕以外の男と付き合っていた。しかも、その男と、東京駅で待ち合わせている。それが分かった瞬間、これでもう、完全にダメだなと、僕は、諦めたんですよ。だから、彼女を、殺したんです。しようがないじゃありませんか？」

「そのあとで、東京駅の幽霊話が、生まれた。このことも、君は、前から、承知していたんじゃないのかね？」

「いいですか、刑事さん。僕は今、この丸の内警察署に、留置されて、身柄を拘束されているんですよ。ですから、僕に、あんなウワサを、流せるはずが、ないじゃありませんか？」

「そうした全てを、君が知っていたのではないか、ということなんだよ。長谷川千佳が殺され、幽霊話のウワサが流れることも、知っていた。どこの誰が、何のために、幽霊話を流しているのかということも、君は、知っているんだ。それに、四月の二十八日から、三日間、インドネシアの運輸大臣一行が東京に来て、東京駅のステーションホテルに、泊まり、新幹線の視察をすることも、君は、前から、知っていたんだ。そうじゃないのかね？」

十津川の声が大きくなった。

だが、平野は、

「刑事さんの訊問が、あまりにもバカバカしすぎるんで、真面目に答える気が、しなくなった。もうこれ以上、何もしゃべりませんよ」

と、いって、黙ってしまった。

6

西本と日下《くさか》は、池袋に行き、雑居ビルの一階にある、ヤンのインドネシア料理の店を訪ねた。ランチの営業も、やっているというので、昼頃に行ったのだが、店は閉まっていて、

「申し訳ありませんが、都合により、しばらく休ませていただきます」

という札が、ドアにかかっていた。

それでも、西本は、中に、誰かいるかもしれないと思って、閉まっているガラス戸を、何度も、拳で叩いた。

しかし、誰も出てくる、気配がない。

その音に、気がついたのか、しばらくすると、隣りのラーメン店の主人が、出てきて、西本たちに向かって、

「その店のご主人でしたら、そこには、いませんよ」

と、声をかけてきた。

「店にいないとすると、どこに行けば、会えるか、分かりませんか？」

日下が、きいた。

「何でも、この近くの、マンションに住んでいるという話はきいていますがね。何という名前のマンションなのかは、知りませんよ」

「いつから休んでいるのですか？　今日からですか？」

「いや、昨日からですよ。昨日は、午後の一時頃まで、店をやっていましたね。いつもは、夜の八時頃までやっているんですが、昨日は、午後一時頃になると、そこにある札をかけ、

ドアのカギを閉めて、帰ってしまったんです」

と、ラーメン店の主人が、いった。

「店を早く閉める理由を、何かいっていましたか？」

「何でも、国にいるオフクロさんが、急病で倒れたので、心配だから、これから、国に帰ります。しばらく、店を休みにしますから、よろしくお願いします。そういって帰っていったんですがね」

「そうですか。それじゃあ、急な話だったんですね」

「最初、ヤンさんというから、中国人なんだろうぐらいのことは、考えていましたが、インドネシアの人だというのは、知りませんでしたね。ここに店を始めてから、彼と話をして、インドネシア人だと分かったんですよ。いずれにしても、店を出すには、お金がかかったんでしょうね」

「ヤンさんを助ける日本人がいて、その人がお金を出して、ヤンさんに、インドネシア料理の店を、持たせたらしいですよ。われわれは、そうきいています」

と、西本が、いった。

「誰か、ヤンさんのことを、詳しく知っている人はいませんかね？　そういう人をご存じありませんか？」

日下が、ラーメン店の主人に、きいた。

「私には、分かりませんが、池袋の駅前に、派出所が、ありますよね？　あそこの、お巡りさんなら、何か知っているかもしれませんよ。時々、巡邏で、このビルに来ると、ヤンさんの店を覗いて、ヤンさんと話をしていましたから」

と、主人が、教えてくれた。

西本と日下は、池袋駅前の派出所に、行ってみることにした。

そこにいた、年配の巡査長に、二人は警察手帳を示して、ヤンのことをきいた。

「たしかに、雑居ビルの中の、あのインドネシア料理の店については、時々巡邏をして、様子を、うかがっています。何しろ、最近、この辺は、不法入国の外国人が多くなりましたからね。あのインドネシア料理の店のヤンさんは、違います。不法入国ではなく、正式に、手続きをして入国しているのは、確認しています」

巡査長が、いう。

「しかし、今日、われわれが、訪ねたところ、昨日から、店を閉めていて、『都合により、しばらく休ませていただきます』という札が、ドアに、下がっていましたよ。隣りのラーメン店の主人は、インドネシアに帰国したらしいといっていますが」

と、西本が、いった。

「そうなんですか。それは、知りませんでした。何か、急用でも、できたんでしょうかね？」

「ヤンさんは、あの店で、寝泊まりをしていなくて、近くのマンションで生活をしているときいたのですが、そのマンションのことを知っていますか？」

「ちょっと待ってください」

巡査長は、いい、業務日誌を、取り出して、ページを、繰っていたが、

「これを見ると、コーポ『あさひ』というマンションの二階の二〇三号室に住んでいることに、なっていますね。マンションといっても、アパートのような、二階建てのものですがね」

「ここから、近いんですか？」

「ええ、歩いて、五分ほどですよ」

巡査長は、そこまでの地図を描いてくれた。

二人の刑事は、今度は、そのマンションに廻った。

なるほど、派出所の巡査長が、いっていたように、そこは、二階建てのアパートのような建物で、マンションとは呼べない、古びた、建物だった。

幸いなことに、一階に、管理人が住んでいた。

のですが」

「二階の部屋を、借りている、ヤンという中国系インドネシア人について、話をききたい

西本が、いうと、六十代と思える管理人は、

「ヤンさんでしたら、去年の、年末頃から、ここの二階に住んでいますよ。ただ、名義はヤンさんではなくて、日本人の女性に、なっていますがね」

「ヤンさんは、その女性と、同棲しているんですか？」

「いや、ここに、住んでいるのは、ヤンさん一人だけです。名義が、日本人の女性の名前になっているだけですよ。そうしないと、外国人ということで、大家さんが、簡単には部屋を、貸してくれませんからね」

と、管理人が、いった。

「二階のヤンさんの部屋を、見たいのですが、カギを開けていただけませんか？」

と、日下が、いった。

「しかし、令状がないと、ダメなんじゃありませんか？」

「これは、殺人事件の捜査でしてね。一刻を争うんですよ」

西本が、脅すように、いった。

「ヤンさんが、殺人事件に、関係しているんですか？」

驚いた顔で、管理人が、きく。

「申し訳ないが、詳しいことは、今はお話しできません。われわれがここに来たのは、殺人事件の、捜査に関係してのことで、突然、ヤンさんの名前が、浮かんできたんです。ですから、令状を取っているヒマが、ないんです。管理人のあなたに、立会人に、なっていただきたいと思っているんです」

と、西本が、いった。

「分かりました」

管理人が、承諾してくれて、ヤンの部屋を開けてくれた。

管理人に、部屋の中まで、入ってもらい、彼の立ち会いで、2Kの部屋を調べ始めた。

とにかく、狭い部屋である。三畳間の小さな和室と十畳の洋室がつながっていて、ほかに、狭いキッチンと、トイレはあるが、風呂はついていない。おそらく、ヤンというインドネシア人は、毎日近くの銭湯にでも、通っているのだろう。

三畳間には、いかにも、安物と思われる小さなベッドがあった。洋間の机の上には、パソコンと、小さなテレビが、置かれてあった。

西本が、パソコンの電源を入れると、画面に、現れたのは、「全て消去済」の文字だった。

狭いキッチンの反対側には、小さな棚が作られていて、六人分のコーヒーカップ、同じく六人分の、ガラスのコップが置かれていた。

「お客さんが、しょっちゅう、来ていたみたいですね？」

西本が、管理人に、きいた。

「ええ、時々、お客さんが、来ていましたよ。いつも、五、六人ですかね。若い人が、多かったですね」

と、管理人が、いう。

「その中に、外国人は、いましたか？」

日下が、きいた。

「いや、はっきりとは、分かりませんね。皆さん、浅黒い顔でしたから、見分けがつきませんでした。白人は、いませんでしたよ」

管理人が、いった。

「インドネシア料理の店に行ったら、昨日は、午後一時頃に、店が閉まって、『都合により、しばらく休ませていただきます』という札がかかっていましたが、このマンションから、正確には、いつからヤンさんの顔が、見えなくなったんですか？」

と、西本が、きいた。

「たしか、昨日は、いませんでしたね。だから、いなくなったのは、一昨日あたりでは、ないですか」

と、管理人が、いった。

「管理人さんは、ヤンさんと、話をしたことがありますか？」

「ありますよ。そうですね、二、三回は、話したかな」

「何語で、話したんですか？」

「もちろん、日本語ですよ。私は、日本語しか、しゃべれませんから」

「じゃあ、ヤンさんは、日本語が、達者なんですね？」

「達者かどうかは、分かりませんが、日本語は一応できましたよ。時々、おかしな、言葉で話したりもしていましたけど、意味は、何とか通じました」

と、管理人が、いった。

結局、ヤンの住んでいた部屋からは、これはと思えるような収穫は、なかった。

7

高見沢は、八重洲地下街にあるマッサージ店で、三十分間のマッサージをしてもらうと、その店を出て、同じ八重洲地下街にある居酒屋に飛び込んで、いつものように、生ビールを注文した。生ビールの後は、焼酎を飲む。

ここ三日間、高見沢は、飽きもせずに、同じことを、繰り返していた。

新たに東京に借りたマンションから、まっすぐ東京駅に来て、駅チカで、夕食を取り、次に、マッサージ店に行って、三十分三千五百円で、女の子にマッサージをしてもらう。その後、同じ八重洲の地下街にある居酒屋で、酒を飲むのである。

編集者の田中からは、早くストーリーを、作り、書き始めてほしいと、催促されている。そこで、高見沢は、東京駅を、舞台にした殺人事件を書く。それも、ただの殺人事件ではない。日本にやって来た、外国人が暗躍するスパイ小説だと、大げさにいって、田中を納得させておいて、高見沢は、毎日、東京駅に来ては、夕食を取り、マッサージ店で体をほぐし、そして、居酒屋で、酒を飲んでから自宅に、帰る。

これは全て、書き下ろし小説を書くための取材だと、田中には、そういってあった。田中にはそういったものの、肝心のストーリーのほうが、一向に、広がっていかないのである。

その日、マンションに、帰ると、待っていたように、田中から、電話が入った。

「大丈夫ですよ。ちゃんと、やっています。毎日、東京駅に、取材に行っていますよ」

高見沢が、いわれる前にいうと、田中は、

「それは、よく、分かっているんですよ。ただですね、あなたが頭の中で、描いているストーリーを、ほんの少しでもいいので、詳しく、話してほしいんです。実は、ウチの、出版部長から、詳しいストーリーを、知りたいという電話が、毎日のように、私にかかってくるんですよ。それで、原稿のほうは、今のところ、どのくらい、具体的になっているんですか？」

と、きいてくる。

（弱ったな）

と、高見沢は、思ったが、その時、今朝の新聞に、小さく載っていた記事のことを、思い出した。

四月の二十八日から、三十日までの三日間、インドネシアの運輸大臣一行が、東京駅のステーションホテルに泊まり、新幹線に乗車して、母国に高速列車を走らせる時の参考にしたいと、いっているという、記事だった。

「実は今、こんなストーリーを考えているんですよ。アジアの、ある国が、日本の新幹線を、モデルにして、自分の国にも新幹線のような高速列車を、走らせたい。そう考えて、運輸大臣を中心とした視察団の一行を、日本に、派遣してくるのです。彼らは、東京駅のステーションホテルに泊まって、東京駅から出発する『のぞみ』や『ひかり』に乗ったり、あるいは、新幹線の車両工場を見学したりして、計画を進めていきます。その一方で、それに、反対するグループ、つまり、その国といがみ合っている、これも、アジアの国が、あるわけですよ。その国は、敵対している国が、日本に、新幹線の視察団を、派遣することを知って、スパイを何人か送り込み、計画を妨害しようとする。そして、日本の警察も絡んで、殺人事件が、発生する。そんなストーリーを、考えているんです。自分でいうのも、おかしいですが、面白いストーリーになると、思っています」

「なるほど。なかなか、面白いじゃないですか。たしかに、アジアは一つではなく、北朝鮮と韓国、あるいは、パキスタンとインドといったように、敵対している、国家も多いですからね。それが、東京駅を舞台にして戦うというのは、面白い発想じゃありませんか。いいと思いますよ。ストーリーについては、納得しましたから、少しでも早く、実際の文章を書き出して、見せてください。そうだ。最初の五十枚くらい出してください。お願いしますよ」

そういって、田中は、納得したのか、やっと電話を切ってくれた。

高見沢は、ひとまず、ホッとした。

しかし、次には、田中は、最初の五十枚を見せろというに決まっている。

なくなった。

だから、それまでに、何とかして、具体的なストーリーを考え、書き始めなくてはならなくなった。

高見沢は、昨日、本屋で、買ってきた東京駅の写真集を、机の上に広げた。それを見ながら、高見沢は、頭をひねった。

新聞記事を、参考にして、書き出そうとしたが、そっくりそのままでは、後で、問題になってしまうだろう。

原稿用紙を広げて、少しだけ、出だしを書いてみる。


「そのアジアの国は、かつて、隣国と国境線を争って、戦争をしたことがあった。その時は、大国アメリカの仲裁によって、国境問題は何とかカタがついたが、その戦いの中で、その国の首相が、痛切に感じたことがあった。

それは、自国の交通網が、整備されていないので、国境で、事件が起きても、すばやく軍隊を、列車で送ることが、できないということだった。

そこで、首相は、日本の新幹線を参考にした高速列車を、南北に通すことを決め、運輸大臣と十人の一行を、視察のために、東京に派遣することにした。

そのことが、相争う、隣国の首相の耳にも、伝えられた。

もし、隣国の北から南まで、高速列車が、走るようになったら、次に、国境線で紛争が起きた時には、向こうは、高速列車を、使って、軍隊をすばやく国境に、送り込むことができるだろう。

そうなれば、次の、国境紛争では、こちらが、大敗する可能性が高い。

そう考えた隣国の首相は、その高速列車の建設計画を、妨害し、中止に追い込むことを考え、破壊活動の専門家数人に命じて、東京に、忍び込ませることにした」

高見沢は、更に五十枚まで書き続けると、それをパソコンで清書し、さらに、訂正を入れた。

これを、今回の書き下ろし作品の出だしということにして、田中に、データで送りつけた。

すぐ、田中から、メールで返事が来た。

「出だしの五十枚拝見しました。

いいですね、なかなか、面白いじゃないですか？　この調子で書き続ければ、売れる本になりますよ。

そこで、出版部長に、相談したところ、まず、ウチから出している雑誌に、連載して、それから本にしたい。そういうことでした。

出版部長は、とにかく、一日も、早くやりたいといっているのです。それはつまり、出版部長が、あなたの才能に、期待をしているということですよ。

雑誌の連載ということになれば、当然、毎回の締め切りが、ありますから、もう一日も、待てませんよ。その覚悟で、続きを、書いてください」

田中の返信には、そうあった。

第六章　事件発生

1

インドネシアのスハルノ運輸大臣とその一行が来日する日が近づき、いよいよ、その前日を迎えた。

東京駅の谷村駅長が驚いたのは、今回来日する人数が、予定より五人も増えていることだった。

人数が五人増えたのは、向こうの都合らしかった。それでも、外務省のほかに、経済関係の役所から、お偉方が、谷村のところにやって来て、

「とにかく、今後、日本は、インドネシアと親しくしていかないと、経済の発展が期待できなくなりかねませんので、五人増えた一行でも、大事に、篤《あつ》くもてなしていただきたい

のです」

と、いう。

谷村が、その理由をきくと、

「今まで、日本の企業の多くは、労働力の安い中国を使って生産性を上げようと考えて、工場を中国に移したんですが、ここに来て、中国人の平均年収が高くなり、中国で生産するメリットが小さくなりましてね。そこで、多くの会社が、今度は、インドネシアに、進出することを考えているんですよ。今後は、インドネシアが日本の大事なパートナーになると思われていますから」

「それでは、インドネシアの労働者の年収は、中国に比べて、かなり安いんですか？」

「いや、決して、そういうわけではありません。インドネシアは、アジアでは、かなり高い年収です」

「それでは、日本の企業にとって、インドネシアに、進出するメリットがないじゃありませんか？」

「たしかに、年収の部分だけを、考えれば、谷村さんの、おっしゃる通りですが、中国は現在、日本に似て、人口に占める高齢者の割合が、年々、高くなってきているのです。若い労働力が、不足していますから、中国では今後、若年層の労働力を確保するのが難しくなるだろうと、考えられています。その点、インドネシアは、アジアの中で、もっとも若い労働力を得ることが、できるのですよ。当然、若い労働者ならば、安い賃金で、使うことができます。日本の企業にとっては、それが、大きなメリットになります。それにもう一つ、いいところがあります」

「と、いいますと？」

「現在、中国人の日本に対する感情は、大変悪くなっていますが、インドネシアの人たちは、昔から、ひじょうに親日的で、それは、今も、変わりません。そのこともあって、日本の多くの会社が、中国から撤退して、インドネシアに、工場を移そうとしています。それで、谷村駅長に、お願いがあるんですよ」

「何でしょう？」

「スハルノ大臣一行が、日本、特に、東京に三日間滞在する間、いろいろと便宜を図っていただきたいのです」

二十八日、いよいよ、五人増えたスハルノ運輸大臣一行が来日した。

谷村は、一行が泊まるホテルとして、東京駅の構内にある、東京ステーションホテルの一部を当てることにしていたのだが、急遽《きゅうきょ》、ステーションホテルの、三階全体を、一行に振り当てることにした。

もう一つ、谷村が、意外に、感じたことがあった。

インドネシアは、世界でいちばん、回教徒の人口が多い国だと、いわれている。というより、谷村には、回教の国というイメージが強かったのだが、いざ、一行が、東京駅にやって来たのを出迎えると、当初きいていたのとは違い、まず、通訳が中国系の女性だった。彼女の宗教は、もちろん、仏教である。

ほかに、一行の中には、二人の中国系の人間が、交じっていた。

そこで、谷村が、了解したのは、インドネシアは、回教の国というよりは、多宗教の国であり、そして、単一民族ではなくて、中国人やインド人の多い、多民族の国家だということだった。

それに、日本でいえば、高級官僚が、一行の多くを、占めていたのだが、その誰もが、若かった。

団長のスハルノ運輸大臣は、間違いなく回教徒である。そのせいか、増えた五人の中には、明らかに、大臣の第一夫人と思える女性も、交じっていた。

来日一日目は、東京ステーションホテルの中にある大広間で、外務省、経済産業省などが、主催する歓迎の宴が用意された。もちろん、駅長の谷村も、二人の助役と一緒に、この歓迎パーティに、出席した。

その席上、谷村駅長は、中国系の美花《メイフア》という、通訳の女性から、明日のスケジュールを書いたメモを、渡された。

三十代に見える彼女は、流暢《りゅうちょう》な日本語で、谷村に向かい、

「スハルノ運輸大臣は、先ほどから東京駅を発車する新幹線や特急などの列車の写真を、熱心に、見ておられましたが、その中でいちばん関心を持たれたのは『スーパーこまち』という列車です。明日は、できれば、その『スーパーこまち』に乗りたいとおっしゃっています」

「どうして、大臣は『スーパーこまち』に関心を持たれたんですか？」

と、谷村が、きいた。

「スハルノ大臣は、最初から、日本の新幹線に関心をお持ちなのですが、最初は、三百キロのスピードではなくて、もう少し遅いスピードで、新幹線より、小型の列車を、インドネシア国内に、走らせようと考えておられるのです。そこで、本格的な新幹線『はやぶさ』に、連結された状態で『スーパーこまち』が走るところも見たいし、また、『こまち』だけが切り離されて走るところも、見てみたいと、いわれるのです」

と、通訳の美花が、いった。

そこで、谷村駅長は、助役の一人を呼ぶと、明日の東北新幹線「はやぶさ」に連結されている「スーパーこまち」のほうのグリーン車両を一行のために、丸ごと確保しておくように指示した。

パーティの終り頃になって、通訳の美花が、自分のほうから、わざわざ谷村に近づいてきて、

「私は仏教徒です」

と、小声で、いった。

「存じています」

谷村が、答えると、

「日本の仏教徒も、同じだとは思いますが、私は輪廻転生ということを考えます。生前に善行を積んでいれば、死後、極楽に行けますが、逆の場合は、地獄に落ちると教えられました」

と美花が、熱心にいう。

そんなことを、通訳の美花が、なぜ説明するのか、谷村には、分からなかったが、黙ってきいていると、美花は、一層、声をひそめて、

「私、幽霊が怖いんですよ」

と、いった。

どうも、それがいいたくて、仏教について講釈したらしい。

美花は、続けて、

「日本に着いた時、日本の方が、私に向かって、こんな話を、したんです。東京駅には、夜になると、女性の幽霊が出る。そうきいたんですけど、本当の話でしょうか？」

と、きく。誰か分からないが、ろくなことを教えないなと思いながら、

「それは、単なるウワサですよ。幽霊なんて、出るはずが、ありません。どうか安心してください」

と、谷村は、強調した。


「スーパーこまち」に使われる車両は、いちばん新しいE6系という車体で、白と赤のツートンカラーの車両は、誰の目にも、新鮮に見えた。自慢のジャパンレッド、正確にいえば、茜色である。

この秋田新幹線の車両は、今までの「こまち」と同じように、盛岡で、切り離され、秋田に向かう。

しかし、それ以上に、この「スーパーこまち」には、もう一つの期待が寄せられている。

それは、E5系の「はやぶさ」と連結されて東京駅を発車するのだが、連結されたまま、時速三百キロ出すことを、期待されていたのである。

東日本大震災の大地震と大津波があって、この計画は、少し、遅れてしまったが、今、颯爽と「スーパーこまち」は、秋田に向かって、走り出している。

ただし、今のところ、古い「こまち」もそのまま使われていて、「スーパーこまち」は、一日に四編成だけである。それでも、白と赤のツートンカラーの車体は、見る人に、強烈な印象を与えるらしく、「赤い新幹線」として、すでに人気を集めていた。

スハルノ運輸大臣の一行は、この「スーパーこまち」に乗って秋田まで行き、その日のうちに、また、東京に引き返してくることになっていた。

警護に当たるのは、鉄道警察隊、SP、それに、インドネシア側の刑事二人である。

十津川は、「スーパーこまち」についての安全は、問題ないだろうと、考えていた。

十津川に、そう思わせたのは、「スーパーこまち」の車両にあった。

十両編成の「はやぶさ」の先に、七両編成の「スーパーこまち」が連結される。「はやぶさ」と「スーパーこまち」の間には通路がないから、「はやぶさ」のほうから、走行中に「スーパーこまち」のほうに移ることはできない。さらにいえば、この列車は、全席指定である。

七両編成の「スーパーこまち」のほうだが、スハルノ運輸大臣たちが乗る十一号車の、グリーン車は、進行方向に向かって最後尾の車両である。

そこで、隣りの十二号車には、一般の乗客を乗せず、警護の鉄道警察隊の隊員やＳＰの人間が、占拠することになっていた。

また、スハルノ運輸大臣一行の乗るグリーン車、十一号車は、途中の駅では、ドアが、開かないように、なっていた。

これだけの対策をしてあるので、十津川は、少なくとも「スーパーこまち」の車内で、スハルノ運輸大臣が、何か危険な目に遭うことはないだろうと、考えたのである。

現在のところ、東京発の「スーパーこまち」は、四編成で、いちばん早く出発する列車は、午前六時五十六分である。

しかし、これでは、あまりに早く起き、朝食を済ませなければならないということになってしまうので、次の東京発八時五十六分の「スーパーこまち七号」に、スハルノ運輸大臣一行が乗車することが、決まった。

十津川や谷村駅長たちは、この「スーパーこまち七号」が、東京駅の二十一番線ホームを定刻通り、発車するのを見送ってから、ステーションホテルに引き返した。むしろ、こちらのほうが警護が難しいだろうと、十津川は、思っていた。

ステーションホテルの副支配人が、二人を迎えた。

十津川が、副支配人に、きいた。

「インドネシアのスハルノ運輸大臣一行には、三階の全室を開放し、その代わり、ほかの階やレストランなどは、平常通り、一般のお客さんに、開放することになっているときいたんですが、その通りで、間違いありませんか？」

「ええ、その通りです」

「それにしては、今、見廻すと、誰の姿もありませんね？」

十津川の言葉に、副支配人が、苦笑しながら、

「実は、当初は、そのつもりだったんですが、警察などの警備が、あまりにも厳しいので、自然に、一般の方々には、敬遠されてしまったようで、大臣のいらっしゃる間の予約は、ゼロの状態なのです。それで、私どもは思い切って、この三日間、ステーションホテルは、インドネシアのスハルノ運輸大臣一行のためにだけ使用することに決めました」

この副支配人の言葉をきいて、内心、十津川はホッとした。

一般の客が、自由に出入りできるホテルというのは、この、ステーションホテルに限らず、どこでも、警備が難しい。その点、運輸大臣一行だけに、利用が制限されたホテルであれば、警備は、格段に楽になるはずだからである。

駅全体の警備に当たる十津川たちと、谷村駅長は、ステーションホテルの副支配人に、案内されて、ホテルの中を見て回った。

いかにも、クラシックな造りである。ヨーロピアンクラシックというらしい。階段も、広々としているし、バーなどの造りにも格調がある。

しかし、十津川が、気にしたのは、ステーションホテル特有の造り、つまり、駅の中のホテルに特有の、造りの部分である。

その一つが、東京駅の、北と南にそれぞれ設けられたドームであり、その二つのドームそれぞれに面して、ホテルの部屋が南北合計で二十八室もあることだった。

縦長の大きな窓から、北と南のそれぞれのドーム内が、はっきりと見え、その上、そのドームの中を、通行する人々の姿も、はっきり見ることができる。特に、南側のドームでは、先日、殺人事件が起きている。そのドームを窓から見下ろすことのできる部屋が、何室もあるのである。

インドネシアの一行の中には、ドームの様子が珍しくて、窓から覗く人も、いるかもしれない。

スハルノ運輸大臣自身が、好奇心から、窓の下のドームを、覗いていて、狙撃される恐れはないのだろうか？

十津川は、それが、心配になった。

それを、十津川が、口に出していうと、副支配人が、答えた。

「スハルノ運輸大臣が、お泊まりになられるスイートルームは、南北のドームには面しておりませんし、お付きの方には、お泊まりになっている間、窓の側には、近づかないようにと、お願いしてありますから、その点は、大丈夫だと思います」

と、いう。

ステーションホテルを見て回った後、十津川と亀井は、駅長室に戻り、そこで、谷村駅長からコーヒーを、ご馳走になった。

三人は、コーヒーを飲みながら、話し合った。

「実は、少しばかり、心配になっていることがあるんですよ」

と、谷村が、いった。

「心配というのは、ステーションホテルのことではありませんね？」

「そうなんです。皆さんは、駅構内のことにも、興味がおありと見えて、お付きの人が数人、それに、通訳の女性も交えて、私と助役が、ご案内をして、駅構内を見て回ったんですが、その時、私が心配したのは、東京駅に幽霊が出るという、例の、ウワサだったんです。何しろ、中国系の通訳の女性は、幽霊が、怖いとおっしゃっていましたから」

「そのことでしたら、私も、気がついていましたよ。あの中国系の通訳の若い女性は、たしかに幽霊が怖いと、盛んに、いっていましたね。まさか、谷村さんが、案内をしている時に、幽霊が、出たわけじゃないでしょう？」

亀井が、笑いながら、きいた。

「幽霊は出ませんでしたが、新幹線ホームに、いちばん近いトイレを見ておきたいといわれたので、そこに、ご案内している時、とうとう、あれが、見えてしまったんですよ」

と、谷村が、いう。

「あれというと、女性用トイレの壁に、血が流れていたという例の件ですね？」

「そうなんです。一日中、女性用トイレを監視しているわけにも、いきませんからね。おそらく、誰かイタズラ好きな人間が、動物の血を持ってきて、女性用トイレの壁に流したと思うのですが、通訳の女性を、ちょうど女性用トイレに、案内している時に、壁に、それが見つかったものですから、彼女は、すっかり、おびえてしまいましてね。あれには、参りました」

「しかし、三日間、通訳の女性には、ステーションホテルのトイレを、使ってもらえばいいのですから、お化けにおびえる必要はないんじゃありませんか？」

十津川は、谷村を慰めるように、いった。

2

「スーパーこまち」で秋田まで乗車していったスハルノ運輸大臣一行は、上りでも「スーパーこまち」を使い、東京駅に、十八時八分に帰ってきた。

スハルノ運輸大臣も、大臣の一行も、どうやら「スーパーこまち」に満足したらしく、誰もが、ニコニコしながら、列車から降りてきた。

一行は、そのままステーションホテルの、スイートルームに入り、付設する食堂で、日本側の、新幹線の専門家も交えて、食事をしながら、新幹線と、従来型のレールを使うミニ新幹線についての話し合いが始まった。

もちろん、これには、十津川も亀井も、そして、谷村駅長も、参加はしていない。

3

食事をしながらの話し合いは、延々と数時間続き、最後に、日本側が「スーパーこまち」の模型を、スハルノ運輸大臣に、贈って散会になった。

その間、東京駅では、何事も、起きていなかった。そして、いつものように、一時的な眠りについた。

駅長の谷村は、スハルノ運輸大臣の一行がステーションホテルに、滞在する三日間、家には帰らず、駅長室に、泊まることにしていた。

一方、十津川たち、警視庁捜査一課の面々は、丸の内側に停めた車両の中で、眠ることに決めていた。

二日目が終わり、三日目の朝を迎えた。

そして、事件が、起きた。いや、正確にいえば、すでに事件は、二日目の夜から、起きていたのかもしれない。

事件というのは、ほかでもない、スハルノ運輸大臣が、忽然《こつぜん》と、消えてしまったのである。

スハルノ運輸大臣の秘書官からの連絡を受けて、十津川たちと、谷村駅長たちは、ステーションホテルに、駆けつけた。

大臣たちが泊まっていた、ステーションホテルでは、秘書官が、青ざめた顔で、十津川たちを迎えた。

「朝になっても、大臣が起きてこられないので、様子を見に行ったところ、大臣の姿が、どこかに、消えていたんですよ。慌てて、あちこち、探したんですが、どこにも、大臣がおられない。いなくなってしまったんです」

「大臣は、一人で、お休みになっていたんですね？」

と、谷村が、きいた。

「そうですよ。特に昨日は、疲れたといわれて、朝の八時すぎまでは、起こすなといわれまして、お一人で、寝室に入られたんです。九時になっても、起きてこられないので、様子を見に行ったんですが、大臣が、消えてしまっていて」

と、秘書官が、いう。

十津川たちは、その寝室を調べたが、別に、人が争ったような形跡はない。大臣一行が使っていた、広いスイートルーム全体にも、やはり争ったような跡は、どこにも見当たらなかった。

別室で寝ていたという第一夫人にきいても、大臣のことは、知らないという。

(スハルノ運輸大臣は、自分の意思で、このステーションホテルから、出ていったのではないか？)

と、十津川は、考えた。

しかし、三日目の今日は、全ての予定を終了して、インドネシアに、帰国する日である。

それなのに、ホテルから、自分の意思で出ていくものだろうか？

「スハルノ大臣は、イタズラが、お好きですか？」

十津川が、秘書官に、きいた。

「イタズラが好きって、どういうことですか？」

「例えば、大臣は、お付きの人を、からかってやろうという、そんなことを、考える方ですか？」

「たしかに、スハルノ大臣は、とても、ユーモアのある方で、時には、私たちに、イタズラをされることも、ありますが、こんな時には、絶対に、なさいません。そんな方では、ありませんよ」

と、秘書官が、息巻いた。

（たしかに、それは、そうだろう。この秘書のいう通りだ）

と、十津川も、思った。

谷村は、すぐに、助役たちや、手の空いている駅員たちを、呼び集めて、東京駅の隅から隅まで調べさせることにした。ひょっとすると、大臣が、東京駅の構内を見て歩きたくなって、一人で、ホテルを出ていったものの、帰り道が、分からなくなって、駅の構内をさまよっているのではないかと、考えたからである。

しかし、広大な、東京駅の中を、全員で隅から隅まで、しらみつぶしに、探したが、スハルノ運輸大臣は、見つからなかった。

もう一つ、可能性として、谷村駅長が考えたのは、列車のことだった。

昨日、スハルノ大臣一行は、「スーパーこまち」で秋田まで行って、引き返してきた。

「スーパーこまち」が大変気に入ったと、スハルノ大臣は、いわれた。

今朝、秘書官が、大臣を、起こしにいったのは、午前九時である。それまでに「スーパーこまち」は、二編成、東京駅を出発している。

午前六時五十六分発、「はやぶさ三号」と、それに連結された「スーパーこまち三号」。もう一編成は、昨日大臣一行が乗った、八時五十六分発の「スーパーこまち七号」である。

ひょっとして、スハルノ大臣は、急に「スーパーこまち」に乗りたくなって、一人でホテルを抜け出し、この朝早く東京駅を出発する「スーパーこまち」に乗り込んだのではあるまいか？

しかし、「スーパーこまち」は、全席指定である。それでもホームに、スハルノ大臣が、ふらりと現れて、乗りたいといわれれば、駅員も車掌も、おそらく、便宜を、図っただろう。

谷村駅長は、そう考えて、まず、この二十三番線と二十一番線ホームで、六時五十六分発の「スーパーこまち三号」と八時五十六分発の「スーパーこまち七号」の二列車を見送った駅員を駅長室に呼び、話をきいてみた。

しかし、駅員は、スハルノ大臣がやって来て、「スーパーこまち三号」や、「七号」に乗り込んだことはなかったと、証言した。

これで、大臣の行方が、分からなくなった。

来日しているスハルノ運輸大臣が、突然、どこかに姿を消してしまった。失踪したことは、マスコミには知らせないことに、決めた。本当に失踪したのかどうか、まだ、事態がよく分かっていないのだ。

ところが、その日の、午前十一時、外務省に、外から、電話がかかった。

最初、電話の男が、インドネシアのことで、大事な用が、あるといったので、南東アジア第二課長が電話に出た。

すると、イントネーションが、少しばかりおかしい日本語で、電話の主が、いった。

「来日中のインドネシアのスハルノ運輸大臣を誘拐した」

「本当なのか？」

課長が、慌てて、相手に確認すると、

「ウソだと思うのなら、スハルノ運輸大臣一行が、泊まっている東京駅のステーションホテルに、問い合わせてみろ。大臣がいなくなったので、おそらく今、大騒ぎをしている、最中のはずだ」

と、相手が、いった。

この時、電話の相手が名乗ったのは、インドネシア愛国戦線という名称だったが、課長には、記憶のない団体だった。

そこで、すぐ、東京駅のステーションホテルに、電話をした。

その結果、スハルノ運輸大臣が、失踪していることが、判明した。

課長は、急いで、外務大臣に、連絡を取った。

連絡を受けた外務大臣は、最初、半信半疑だったらしく、

「スハルノ運輸大臣が、今、日本に来ていることは、もちろん、私も知っている。しかし、その大臣を、誘拐したというのは、本当なのかね？」

と、念を押した。

「相手は、本当だといっています」

「いったい、誰が、誘拐したんだ？」

「私がきいたところ、相手は、インドネシア愛国戦線と名乗って、十二時になったら、もう一度、電話をするといって、切ってしまいました。ステーションホテルに問い合わせた

ところ、スハルノ大臣が行方不明になっているのは、事実だが、誘拐かどうかは分からないといっています」

「分かった。もしかしたら、悪質なイタズラかもしれない。次に、電話があったら、その時は、私に回しなさい」

と、外務大臣が、いった。

十二時、一回目の電話での言葉通り、また、男から、電話が入った。

外務大臣が、電話に出た。

「君たちのグループが、インドネシアのスハルノ運輸大臣を、誘拐したと、いっているようだが、それは、本当かね？」

「もちろん、本当だ」

「要求は何だ？」

「今日の午後三時までに、日本政府として、声明文を出してもらいたい」

「どんな声明を、出せばいいんだ？」

「一つ、今後、日本政府は、インドネシアと断交する。一つ、日本政府は、インドネシアに、援助を与えない。特に、新幹線の建設や運輸関係事業に関して、今後、一切の協力を拒否する。この二つだ。もし、それができないというのであれば、残念だが、スハルノ運輸大臣の命は、保証できない」

相手は、強い口調で、いった。

「午後三時までだな？」

「そうだ」

「われわれ日本政府が、君たちの要求を受け入れれば、スハルノ運輸大臣は、すぐに、釈放されるのか？」

「いや、スハルノ運輸大臣を釈放するのは、日本政府が、今、私がいった声明文を出し、日本の新聞やテレビ、ラジオが、それを、公表したあとだ。いいか、午後三時までだぞ。忘れるな」

と、いって、相手は、電話を切ってしまった。

4

外務省の南東アジア第二課長が、東京駅に密かに来て、谷村駅長や、警備に当たっていた、十津川たちと話し合った。

「とにかく、犯人は、日本政府が、そういう声明文を出し、それをマスコミが、発表すれば、スハルノ大臣を、釈放すると、いっているんですね？」

と、谷村が、きいた。

「そうです」

「それなら、犯人が要求している通りの声明文を出して、スハルノ大臣が、無事に釈放されたあとで、大臣が誘拐されてしまったので、仕方なく、あんな声明文を出したが、あれは、日本政府の、本意ではない。そういって、説明すれば、インドネシア政府との関係が、別に気まずくなることはないいんじゃありませんか？」

と、谷村が、いった。

「たしかに、それも、一案ですが、それでも、いろいろと、批判を浴びることになると思いますよ。何しろ、来日した、インドネシアの現職の運輸大臣が、日本の表玄関といわれる東京駅で、何者かに誘拐されてしまったんですからね」

「それに、日本の警察の面子《メンツ》にも、かかわります」

と、十津川が、いった。

「しかし、だからといって、向こうの要求を拒否するわけにもいかないでしょう？　何しろ、一人の人間の命がかかっているんですから」

と、谷村が、いう。

「ですから、午後三時までに、何としてでも、誘拐されたスハルノ運輸大臣を取り戻しますよ。そうすれば、相手の要求を飲む必要もありません。第一、声明文を出させておいて、釈放しないかもしれません」

と、十津川が、いった。

十津川は、東京駅の駅長室を、臨時の捜査本部にして、谷村駅長や、助役たちにも協力を要請した。

十津川は、部下の刑事たちに、

「どんなことでもいい。手がかりになるようなものが、見つかったり、何か気がついたことがあれば、私に知らせてくれ」

その時、若い三田村刑事が、

「警部、ちょっと、気になる雑誌があるんですが」

三田村が差し出したのは、発売されたばかりの、一冊のミステリー雑誌だった。

「今月号から、新しく連載が、始まった小説があるんですよ。作者の名前は、高見沢明彦といって、デビューしたばかりの新人作家らしいのですが、外国の有力者が来日する話で、この東京駅が、作品の舞台になっています。外国の要人が来て、ステーションホテルに、泊まるのですが、その国の隣国のテロ組織が、その有力者を、狙撃しようとして、東京駅に忍び込んでくるというストーリーで、まだ、第一回なので、結末は、分かりませんが、何となく気になります」

と、三田村が、いった。

「小説に出てくる外国というのは、インドネシアなのか？」

「そうです」

「狙われる要人というのは、インドネシアの運輸大臣かね？」

「そうなんですよ。それで、ちょっと心配になって」

「しかし、インドネシアの、運輸大臣の一行が、日本の鉄道を視察するために、来日して、東京駅を発車する『スーパーこまち』に乗ったりすることは、事前に、新聞発表されていて、誰もが知っていることだからね。そういうストーリーの小説だって、書こうと思えば、誰にだって、書けるはずだ」

「たしかに、そうですが、それでも、やはり気になります」

と、三田村が、いった。

「それなら、君と日下の二人で、この雑誌を出している、出版社に行って、高見沢という作家に会って、話を聞いてこい。少しでも怪しいところがあれば、丸の内警察署に連れてくるんだ」

と、十津川が、いった。

5

覆面パトカーに乗り込んだ三田村と日下の二人は、車を走らせる前に、話し合った。

「出版社の人間や、高見沢という作家に会って話をきくのはいいが、先方に、今回の誘拐事件のことを、気づかれると、まずいことになるな」

と、三田村が、いった。

「そうだ。相手は、マスコミの人間だから、注意しないと、とんでもないことになるぞ」

「高見沢明彦という作家が書いたのは、インドネシアの運輸大臣が、日本にやって来て、テロ組織に、狙撃されるという話なんだ。今月号は第一回だから、狙撃の結果は、まだ出ていないんだが、もし、死んだことになって、大騒ぎするような話になったら、小説といっても、日本にとっても、インドネシアにとっても、マイナスだ」

「そうすると、われわれが、直接、出版社に行って、あれこれ、質問すると、今回の事件に感づかれてしまう恐れがあるな」

と、日下も、首を傾げた。

「相手は、何といっても、マスコミの人間だ。われわれが刑事だと、分かったら、当然、何か事件があったんじゃないか？　この小説のストーリーと、似たような事件が、本当に起こったに違いないと、相手は気がつくかもしれない」

「俺たちは、どうしたらいい？」

「あくまでも、読者の一人だといって、刑事だということを悟られないようにして、この高見沢という作家に、会ってみようじゃないか？」

と、三田村が、いった。

覆面パトカーで、出版社に行くのを止め、三田村が携帯で、出版社に電話を、かけることにした。

相手が出ると、三田村は、

「実は、そちらで出している雑誌の今月号を、買ったんですよ。高見沢明彦さんという新人の作家さんが書かれた新作の連載が、始まっていますよね？　あれを読んだら、やたらに、面白いので、感心してしまったんです。それで、作者の高見沢さんに、ファンレターを出したいんですが、住所は分かりますか？　構わなければ、ぜひ教えていただきたいんですが」

「そうですか。ありがとうございます。そんなに、面白かったですか？」

電話の向こうで、編集者が、嬉しそうな声を出した。

その後、編集者は、アッサリと、高見沢という作家の住所と、さらに、携帯の番号まで、教えてくれた。

二人は、高見沢の住むマンションの近くまで来て、近くの喫茶店に、入った。直接、高見沢という男に会いに、マンションの部屋に行っては、まずいと、思ったのだ。

「もし、マンションの部屋に、この男の仲間がいたら、問題が、こじれてしまうかもしれないからね。だから、ここに、高見沢を呼び出そう」

と、三田村が、いった。

携帯で、高見沢に、電話をかける。

ここでも、ミステリーの好きなサラリーマンということにして、今月号の雑誌に掲載された高見沢の作品を読んで、感動したので、一ファンとして、作品を書く上での、苦労話などをききたい。今、近くの喫茶店に来ているので、会ってもらえないかと、三田村が、頼んだ。

高見沢は快諾し、十分ほどすると、こちらの店にやってきた。

三田村が、手を挙げて、笑顔で、高見沢を迎えた。

日下は、離れた席に移り、そこから、高見沢という男を、観察することにした。

ここでも、三田村は、雑誌に載った、高見沢の小説が、面白かった、感動したと、大げさに、伝え、

「実は、僕は、サラリーマンなんですが、できれば、作家になりたいと、思っているんですよ。それで、新人賞なんかにも、たびたび、応募しているんですが、才能がないのか、一向に、芽が出ません。そんな時に、高見沢さんの小説を、読んで、どうしたら、こんな面白い小説が、書けるようになるのか、高見沢さんに会って、直接おききしようと思いましてね。それで、出版社に電話をして、高見沢さんの住所を、教えていただいたんですよ」

「いや、僕も、あなたと同じですよ。最初は、なかなか、面白い小説が書けなくて、新人賞に何回応募しても、落ちてばかりいたんですよ。それが、ここに来て、どうにか、雑誌に載せてくれるようになったんです」

と、高見沢は、いう。

「この小説は、具体的に、東京駅が舞台になっていますね。ということは、東京駅には、何回も行かれて、いろいろと、調べられたんでしょうか？」

「実は、東京駅の中にある、ステーションホテルに、何日か、泊まって、東京駅の中を、くまなく見て歩きました。それでも、ストーリーがなかなか、思いつかなくて、出版社の

担当編集者に、ずっと責められていたんですよ。たまたま読んだ新聞に、インドネシアの運輸大臣の一行が、日本に、やって来る。新幹線なんかを、視察して回るという記事が載っていたんで、これをヒントに、東京駅を舞台にしたスパイ小説にしたら、面白いんじゃないか？　来日した大臣を、テロ組織が狙ったら、面白いんじゃないか？　苦し紛れに、そう考えて、書いてみたんですよ。そうしたら、編集者が気に入って、これでいい、といってくれたんです。ただ、これからの、ストーリーをどうしたらいいのかが、全く白紙で、悩んでいるところです」

と、高見沢が、いった。

話しているうちに、この男は、実際の事件には関係がないと、三田村は、思った。どうやら、実際に起きた事件のことは、全く、知らないらしい。

日下のほうに、チラリと目をやると、高見沢には、見えないように、指で小さい丸を作って、合図を、送ってきた。日下も、三田村と同じように、この男は、事件に関係がない、安全パイと判断したのだろう。

三田村は、ニッコリして、

「今の高見沢さんのお話は、とても、参考になりました。やはり、実際に現場まで行かなくてはダメですね。私も今度、どこかに、列車に乗って行ってみて、そこを舞台にした、小説を書いてみます」

と、いい、

「本になったら、絶対に、買います。そうしたら、その時も、来ますから、本にサインしてください」

と、いって、高見沢という男と、別れた。

三田村と、日下は、駅長室に戻ると、十津川に向かって、

「あの男は、大丈夫です。今回の、誘拐事件とは、何の関係もありません」

と、報告した。

「そうか、関係なしか」

「今回の誘拐事件のことは、全く知りませんね。たまたまステーションホテルに泊まっていて、東京駅を舞台にしたスパイ小説を書こうと、思ったらしいのです。新聞で、インドネシアの運輸大臣の一行が、新幹線を視察するために、来日するのを知って、それをつなげて、小説を書いたらしいのです」

と、三田村が、いった。

「本当に、大丈夫なんだな？」

十津川が、念を押す。

「百パーセント、大丈夫です。あの男には、こんな大胆な犯罪は、できません」

三田村は、自信を持っていうと、日下も、つけ加えて、

「私も、あの男は、今回の事件とは、無関係だと思いました」

妙な小説のことは、心配しなくてよくなったが、誘拐されたスハルノ運輸大臣が、今、どこに監禁されているのか？　犯人は、いったいどうやって、ステーションホテルから大臣を、連れ出したのか？　肝心なことが、全く分からないのである。

そのうちに、十津川が、急に立ち上がり、そばにいた、谷村駅長に、

「たしか、東京駅の南側のドームを見られる部屋が、ありましたね？　そこへ、案内してください」

「しかし、その部屋は、大臣が、泊まっていたスイートルームでは、ありませんよ」

「それでもいいんです」

と、十津川が、いう。

問題の部屋は、運輸大臣の部下の職員たちのうち、二人が入っていた、四十平方メートルのツインの部屋だった。

十津川は、部屋に入ると、そこにいた、インドネシアの職員に、

「昨夜遅く、大臣が、この部屋に来たんじゃありませんか？」

と、きいた。

外務省から、派遣されてきた通訳が、十津川の言葉を、二人に伝えた。

片方の職員が、答える。

「夜遅く、十時頃でしたが、突然、大臣が入ってこられて、そこの窓から、下を、ご覧になっていました」

「どうして、大臣は、この部屋に来て、窓の下を見たんですか？」

「ステーションホテルは、駅の構内にあるホテルに、ふさわしく、乗降客がよく見えるドームが、北側と南側にあると、きいたので、それを見てみたいんだ。大臣は、そういわれました」

「その時ですが、ドームにいた、日本人の乗客の誰かが、大臣を狙ったということはありませんか？」

「いや、それはありません」

「どうしてないといえるんですか？」

「私も、大臣と、ドームにいる人間とが、何か、合図でも送っているのではないかと思ったので、大臣の後ろから、何枚も写真を、撮りましたが、特に不審なことは、ありませんでしたから」

と、職員の一人が、いった。

十津川は、その写真を、見せてもらった。

例の南側のドームが、写っている。ひと月近く前、ドームの柱の一本に、寄りかかったまま、長谷川千佳という若い女性が、毒物死したのである。

そんなことを、思いながら、十津川は亀井と二人で、何枚かの写真を、見ていった。

その中の一枚に、十津川の目が光った。

「これは」

と、十津川は、思わず声を上げた。

写真には、南側のドームの例の柱が写っている。そこに、人はいなかったが、その代わりに、何か数字の書かれた紙が、貼ってあった。

そこに書いてあったのは「21」という数字だった。

「『21』という数字が書かれた紙が、柱に貼ってありますけど、これは何ですかね？」

と、十津川が、きいた。

二人のインドネシアの職員は、柱に紙が、貼ってあるのは、そういうものだと、思って、写真に撮ったらしく、その紙が、わざわざ貼られたものだということは、全く考えなかったと、いう。

一緒に来た、谷村駅長が、

「ホームの番号なら、二十一番線ホームですよ。二十番から、二十三番までが東北、山形、秋田、上越、長野それぞれの、新幹線が発車するホームです」

「たしか、ドームのこの柱には、こんな紙は、貼ってありませんでしたね？」

「そうです。そんなものは、貼ってありません」

谷村が、強い口調で、いった。

「だとすれば、誰かが、この貼り紙で、スハルノ大臣を、ステーションホテルから誘い出したんだ」

十津川と谷村駅長は、部屋を飛び出すと、南側のドームに、走っていった。

たしかに、谷村駅長のいうように、南側のドームの柱には、そんな貼り紙などは、なかった。とすれば、昨夜の十時頃、スハルノ大臣が、窓から見た時だけ、「21」と書いた紙を、何者かが、貼りつけて、おいたのだ。

「私は、スハルノ大臣が、一人で勝手に、ホテルを抜け出したとは、思わないし、犯人が、誰にも分からずに、大臣を誘拐したとも、思っていないのです。おそらく、大臣は、ホテルの外にいる誰か、それは、たぶん、日本人だと、思うのですが、その人間と、示し合わせてステーションホテルを、抜け出し、東京駅から出ていったんだと思っています」

と、十津川が、いった。

「このドームの柱ですが」

と、亀井が、いう。

「どうしても、この柱によりかかって、死んでいた女のことが、気になって、仕方がないのです。ひょっとして、あの殺人事件は、今回の誘拐事件の、前触れだったんじゃないでしょうか？」

「カメさん、私も、そう思う」

と、十津川が、うなずいた。

「おそらく、今回の、誘拐事件の前哨《ぜんしょう》戦なんだ。ステーションホテルのどの部屋から、この南ドームが、見えるのか？ ここにある何本かの、柱のうち、どの柱が、いちばんよくその部屋から見えるか？ また、柱のどの辺に、文字を書いた紙を貼ったら、よく、見えるか？ それを事前に、調べていたんじゃないかと、思っています。長谷川千佳という女性は、おそらく、それを、嫌がったか、あるいは、反対したかした。それで、犯人たちに、殺されてしまったのではないだろうか？ そう思っているんですよ」

と、十津川は、いった。

6

十津川たちは、問題の数字と同じ二十一番線ホームに上っていった。

「スハルノ大臣が、密かに、ホテルを抜け出て、この二十一番線に、行ったとしますと、やはり、昼間乗って気に入っていた『スーパーこまち』に、乗ったんでしょうか？」

十津川が、きく。

「いや、それは、違いますね。夜の十時すぎに発車する『スーパーこまち』は、ありませんから」

と、谷村が、いった。

「『スーパーこまち』の最終は、二十時八分で、それも、二十一番線ホームではなく、二十三番線ホームに、なっています」

「そうすると、その時刻に、二十一番線ホームから出るのは、どういう、列車ですか？」

十津川が、きく。

「二十時二十分発の『なすの』ですね。『なすの』は那須塩原行きです」

「いずれにしても、北に向かう新幹線ですね」

確認するように、十津川が、いった。

「ええ、そうですが、犯人と一緒に、スハルノ大臣が、列車に乗ったとしても、大臣が、どこまで、行ったのかまでは、分かりませんよ」

と、谷村が、いった。

「警部がいわれたように、大臣一人で、こんなことは、できませんから、外から犯人か、あるいは、共犯者の手引きが、あって、大臣は、二十一番線ホームに行って、北へ向かう列車に、乗ったんでしょうね。しかし、大臣は、どうして、そんなことを、したんでしょうか?」

と、亀井が、首をかしげる。

「たぶん、スハルノ大臣は、若い頃、日本に来たことが、あるんだよ」

と、十津川が、いった。

7

十津川は、駅長室に戻り、外務省の南東アジア第二課長に、きいた。

「スハルノ運輸大臣は、若い頃、日本に来たことがあるんじゃありませんか?」

「ええ、ありますよ。何でも、ジャカルタの大学を卒業した後だと、きいていますから、たぶん、三十歳の頃だと思います。三年間日本に来ていたことが、ありますから、大臣は、今でも、大変な親日家ですよ」

（これで、少しだけ、分かってきた）

と、十津川は、思った。

「しかし、警部、今回は、第一夫人が一緒ですよ」

亀井が、いう。

「カメさんは、ずいぶん、先回りしたことをいうね」

「若い頃、大臣は三年間、日本に来ていた。その時に、日本の女性と、親しくなった。その女性に会いたくて、大臣は、安易な誘いに、乗ってしまった。警部は、そう、考えていらっしゃるんじゃありませんか？　でも、第一夫人が、一緒ですからね」

「だから、なおさら、この想像が、当たっているような気がしているんだ。たぶん、第一夫人は、夫のスハルノ大臣が、公用で、日本に行くのだが、その時、思い出の日本女性と会うつもりではないかと考えて、わざわざ、一緒についてきたんじゃないのか？　そんなふうに考えれば、なおさら、この想像が、当たっていると、思えてくるんじゃないか？」

と、十津川が、いった。

「しかし、今から、十年くらい前の話でしょう？」

と、亀井が、いうと、十津川は、笑った。

「その時、若いスハルノ大臣が、付き合っていた日本人の女性が、二十歳だったとしても、今はもう、三十歳を超えている。カメさんは、そういうのか？」

「そうですよ」

「しかし、男と女の、関係というのは、特別だからね。特に、十年近くも会っていない相手なら、なおさらのこと、この際、会ってみたいと、思うんじゃないかね？」

と、十津川が、いった。

「あと一時間四十分です」

外務省の課長が、口をはさんだ。

反射的に、十津川は、駅長室の時計に、目をやった。

たしかに、三時まで、あと一時間四十分しかない。少しばかり、分かってきたが、三時までにスハルノ大臣を、助け出すことが、はたしてできるだろうか？

南東アジア第二課長は、慌ただしく外務省に帰っていった。

午後三時までに、スハルノ運輸大臣が見つからなかった時の対応策を、外務大臣と協議するためだろう。犯人の要求通りに、日本政府としての、偽りの声明を出すべきなのかどうかの相談を、するためである。

谷村駅長は、新幹線関係の、駅員たちを集めて、昨夜遅く、二十一番線ホームで、スハルノ大臣を見なかったかどうかを、きいてみた。もし、見ていれば、大臣が誰と一緒だったか、どの列車に、乗ったのかが分かる。そうなれば、少しは、事件の解決に、近づけると思ったからである。

しかし、昨夜遅く、二十一番線ホームで、スハルノ大臣を見たという駅員は、一人も、いなかった。

おそらく、手助けをした、日本人が、変装用のコートを持ってきていて、それを着せて、大臣を、誘い出したのではないか。

その一方で、警察は、インドネシア料理の店を出していた、中国系インドネシア人、ヤンの行方を、必死に探していた。ヤンが、今回の事件に、関係しているかもしれなかったからである。

しかし、ヤンの行方も、分からなかった。

また、長谷川千佳を、殺したといって自首してきた平野洋介についても、十津川が再度、尋問をしてみたが、スハルノ大臣誘拐事件については、全く知らないと、主張し、それ以上に質問すると、黙ってしまった。

第七章　終局

1

今から十年前、当時、三十歳だったスハルノは、政府の命令で、日本の鉄道事情の視察のため来日し、三年間の視察の間に、一人の日本女性と知り合っている。

彼女の名前は、意外に簡単に分かった。スハルノの滞在中の行動を追っていくと、自然に、当時のロマンスが浮かび上がってきたからである。

三年間の滞日中、スハルノは、六本木のマンションを使っていたが、同じマンションに住む、吉野弥生《よしのやよい》という、女子大生と知り合った。これがロマンスの相手だった。

十津川たちは、この吉野弥生の足跡を追った。

吉野弥生は、大学を、卒業後にいったん就職しており、その時に一度、インドネシアに行っているが、おそらく、スハルノが、呼んだのだろう。帰国後、吉野弥生は、日本とインドネシアの友好協会の会員になっている。

当時の会員で友好協会のことを、よく知っているという外山誠一《そとやませいいち》という商社の課長を見つけて、十津川が、話をきくと、

「最近になって、この友好協会の空気が何となく、おかしくなってきたんですよ」

と、外山が、いう。

「おかしくなったというと、どんなふうに、変わったんですか？」

「その頃、新人が、たくさん入ってきたんですが、その新人たちのグループが、妙に政治的に動くようになってきたらしいのです。この間、東京駅で死んだ女性がいたでしょう？ たしか、長谷川千佳さんといったと、思いますが、彼女も、その頃、友好協会に、入ってきています」

「それで、吉野弥生さんは、どうなったんですか？ 今の友好協会の名簿にはありませんが」

「私は、途中で、友好協会を辞めてしまったので、詳しい話は知りませんが、去年、亡くなったということを、きいたことがあります。ところが、協会の人たちにきくと、その辺が、あいまいなのですよ。亡くなったのに、なぜか、それを隠すような空気ですね」

と、外山が、いった。

（だとすると、友好協会は、吉野弥生が死んだことを隠して、今回来日したスハルノ大臣とコンタクトを、取っていたのではないだろうか？）

と、十津川は、考えた。

「ところで、インドネシア愛国戦線という名前を、おききになったことがありますか？」

と、十津川が、きいた。

「あります。私が、友好協会を辞めた後で、会員の中の若い人間が、その名前を使っていましたからね。インドネシアにそういう組織が、あったとしても、日本人が、それに、加担することはないだろうと、私は、思っているんですが、若い連中というのは、危険なことが、好きですからね。もしかすると、日本にもそんなグループが力をつけて、インドネシアと、動きを合わせているのかもしれません」

「平野洋介という名前を、ご存じではありませんか？」

十津川が、きくと、外山は、首をひねりながら、

「平野洋介ですか？　いや、きいたことはありませんが」

と、いう。

そこで、十津川は、外山を捜査本部に連れていって、留置している、平野洋介の顔を確

認してもらった。

「あの男が、平野洋介ですが、見覚えはありませんか？」

「あの男が、本当に、平野洋介なんですか？」

外山が、盛んに、首を傾《かし》げている。

「違いますか？」

「あの男には、たしかに、見覚えがありますが、私が知っている名前は、平野洋介じゃありません。たしか、野村《のむら》、野村雅彦《まさひこ》といったんじゃなかったですかね。私が、協会を辞める少し前に、入ってきた男で、今のインドネシアには、革命がどうしても必要だとか、日本にも、同じように、革命が必要だから、日本とインドネシアの同時革命を、起こすんだというようなことを、盛んに口にして、協会の人間を煙《けむ》に巻いていましたね」

「なるほど。その話には、説得力がありましたか？」

「私と、同年代の人間は、何を、バカなことをいっているんだと思いましたが、若い連中というのは、革命とか、世直しという言葉が、好きですからね。あの男の、デタラメな話にも耳を傾けて、盛んにうなずいている人間も、いましたよ。いわゆるシンパですよ」

「その協会には、日本人以外に、在日の、インドネシア人も、何人か入っていたんじゃありませんか？」

「ええ。十二、三人は、いたんじゃなかったですかね。私は、日本に住んでいるインドネシアの人たちが、協会に入ってくることには、大賛成でした。日本人だけの、友好協会などというのは、あまり、意味がありませんからね。だから、積極的に勧誘もしましたよ。特に、東京でインドネシア料理店を、やっている人たちを中心に勧誘しました」

「インドネシア料理の店をやっているヤンという中国系のインドネシア人が、いるんですが、覚えていらっしゃいますか?」

「ええ、覚えていますよ。たしか、私が勧誘した中の、一人じゃなかったかな。ただ、その頃から、協会の様子がおかしくなってきていたので、入会をためらっていたようでしたね。それでも私が、辞めてから、協会に入ったと、きいたことがあります。しかし、今の協会の空気には、彼は、馴染めないと思いますよ」

「これは、あくまでも、内密な話なんですが、今、インドネシアから、スハルノ運輸大臣の一行が、日本に来ています」

「それは知っていますよ。新聞に、出ていましたから」

「ところが、スハルノ運輸大臣が、突然、何者かに、誘拐されてしまいましてね。それで、われわれが、懸命に捜査をしているところなんです」

十津川がいうと、一瞬、外山の顔色が変わって、

「いったい、誰が、そんなマネをしたんですか？」

「まだはっきりとは、分かっていませんが、あなた方のいう友好協会の人間、いや、正確にいえば、その協会から外れた、インドネシア愛国戦線を名乗る連中が、やったことだと、見ています」

「スハルノ大臣を誘拐したグループの目的は、いったい、何なんですか？」

「政府声明を出せと、要求しています。インドネシアと、国交を断絶するという政府声明ですよ」

「無茶な話だなあ。誰が考えたって、そんな政府声明なんて、出せるわけがないじゃないですか」

「たしかに、日本政府としては、いくら、人質になっているスハルノ大臣を助けるためだとはいえ、そんな政府声明を出すことはできませんからね。それに、政府声明を出したところで、犯人が約束通り、スハルノ大臣を釈放するという確証は、ありません」

と、十津川は、いってから、

「そこで、あなたに、お願いがあるんですが、留置しているあの平野洋介、あなたの知っている名前は、野村雅彦だということですが、何とかして、彼を、説得していただけませんか？」

「私が彼をですか？」

外山が、戸惑いの表情になった。

「そうです。あなたは、あの男と一緒に、いた時間があったわけでしょう？」

「ええ、そうです」

「それなら、あの男の弱点を、ご存じではありませんか？」

「彼のことを多少は、知ってはいますが、あの男とは、ウマが合いませんでしたからね」

「いや、それでも、構わないんですよ。ぜひ会って、話をしてください。スハルノ大臣を、どこに幽閉しているのか、そのヒントだけでも知りたいのです」

十津川は、いった。

「分かりました。ご期待に添えるかどうかは自信がありませんが、とりあえず、やってみましょう」

と、外山が、いった。

2

外山誠一が、一人で取調室に入っていき、平野洋介との話が、始まった。十津川は隣りの部屋で、二人の会話を、録音することにした。

外山は、平野の前に、腰を下ろすと、にこやかな顔で、

「久しぶりだね。私のことを、覚えているかね？」

と、まず、声をかけた。

「外山誠一さんでしたよね？　覚えていますよ。ただ、残念なことに、私とは意見が合わないまま、協会を、辞めてしまわれましたね」

と、平野が、笑う。

「ずいぶん、昔の話だよ。それより、きいたところでは、何でも君たちは、今、あの協会を、妙なというか、誤った方向に、持っていって、インドネシア愛国戦線とかいう名前を、名乗っているそうだね？　本当なのか？」

「インドネシア愛国戦線を、名乗っているのは本当ですが、誤った方向に、持っていっているというのは、誤解ですよ。誤ったというのではなくて、私から見れば、正しい方向に、修正したんですよ。日本もインドネシアも、資本主義国家で、米国主義で、もはや、どうにもならないんじゃありませんか？　だから、どうしても、日本とインドネシアの、同時革命が必要なんですよ」

平野は、強い口調で、外山の顔を見つめて、いった。

「それで、君のいう同時革命と、スハルノ運輸大臣の誘拐とは、どこでつながっているんだね？」

外山が、きいた。

「ええ、もちろんつながってます。日本も、インドネシアも、典型的な、資本主義の国で、貧乏人と金持ちとに、はっきりと、分かれてしまっています。こんな世界は、どう見たって、間違っていますよ。スハルノ運輸大臣というのは、インドネシア資本主義の典型というか、シンボルみたいなものでしょう？　だから、われわれの仲間が、誘拐したんですよ」

「そして、君たちは、妙な要求をしているようだね？」

「変なことをいわないでください。われわれとしては、世界中に、衝撃を与えることをやりたいんですよ。日本政府が、わが国は、インドネシアと国交を断絶するという政府声明を出す。どうです、なかなか、面白いじゃないですか」

「そんなものは、誰も、信用せんよ。犯人に脅かされて、日本政府は、仕方なく、いったと、誰もが、理解するはずだからね」

「誰も、信用しなくたっていいんです。とにかく、世界の政治にショックを与えればいいんですよ。今は、それだけでいいんです。だから、後になって、日本政府が、あの声明は、ウソだと弁明しても、構いませんよ。それでもいいんです。世界に対して、どれだけの衝撃を、与えられるか、それが、今回の誘拐の狙いですから」

「君は、日本とインドネシアが、仲良くなるのが、嫌なのかね?」

「今のままの状況で、いくら友好を、厚くしたところで、何にもなりません。たしかに、日本が、インドネシアと、仲良くなれば、日本の政府や資本家たちは、喜ぶでしょうが、日本の貧しい人たちには、何の意味もない。それは、インドネシアの人々にとっても同じですよ」

「実は、私は、君が協会に入ってきた時、君のことを、調べたことがある」

と、外山が、いうと、一瞬、平野の顔色が、変わって、

「そんなことをしたんですか?」

「君には、協会の秩序を、乱すような、そんな感じがあったからだ。君は大学時代、巣鴨に住んでいたね。その近くに、その頃は、まだ珍しいインドネシア料理の店があって、若いインドネシアの娘が働いていたはずだ。君は、そのインドネシアの娘が好きになって、盛んに、その娘に、アタックしていたらしいじゃないか? ところが、彼女は、突然、帰国してしまい、インドネシアで、日本との合弁会社の、社長の第一夫人になってしまった。その後の君が、やたらに、日本とインドネシアの同時革命などと口走るのは、その時の恨

みが、まだ、君の心のどこかに、残っているからじゃないのかね？　そうだとしたら、君のいっていることは、革命なんかじゃない。単なる男の焼きもちじゃないか？　君は、その焼きもちで、インドネシアのスハルノ大臣を、誘拐したのかね？」

外山が、いった途端、平野は、突然立ち上がり、外山の座っている椅子を、蹴飛ばした。

外山の体が、床に転がった。

十津川は、慌てて、中に入っていった。

3

外山が、十津川に、詫びた。

「あの男を説得するつもりだったんですが、逆に、怒らせてしまいました。誠に申し訳ありません」

「構いませんよ。あなたのおかげで、あの男の行動が、つまらない焼きもちから、出ていたことが分かって、それだけでも、一つのヒントに、なりましたから」

と、十津川は、いった。

問題は、時間が切迫していることだった。

外務省は、スハルノ大臣を助けるためとはいえ、日本が、インドネシアと国交を断絶するというような政府声明を、出すことはできないと、主張している。

もちろん、スハルノ大臣が、無事に救出された後で政府声明が、ウソであることを表明しなければいけないのだが、そのことによって、ほかの国々から、いったい、どんなリアクションが、起きるのか、誰にも、全く、想像がつかないのだ。

だから、外務省が、誘拐犯人が、要求している政府声明を、出すことを、頑《かたく》なに拒否するのも当然のことだと、十津川は、思っている。

そうした苦悩の最中に、突然、奇妙なことが起きた。

スハルノ大臣から、彼の秘書官に、突然、電話が、入ったのである。

犯人から要求が入った時に備えて、秘書官の携帯には、ボイスレコーダーが取りつけてある。

秘書官は慌《あわ》てて、自分の携帯のマイクの、ボタンを押した。ボイスレコーダーが動き出す。

「私だよ」

と、電話の相手が、いった。

元気そうなスハルノ大臣の声が、大きく部屋に響いた。犯人の要求電話とばかり思い込

んでいた秘書官は、思わず眼をむいて、

「大臣、ご無事ですか？　おケガはありませんか？」

と、大きな声を出した。

「ああ、無事だ。ケガもしていない。ただ、ここが、日本の何処なのか分からん。マンションの、かなり高い階の部屋に、監禁されているようだ」

「その監禁されていらっしゃる場所ですが、何とか、分かりませんか？」

「いや、全く分からんな。何しろ、日本に来たのは、十年ぶりだから。このマンションが、いったい、どこにあるのか、私には、全く分からんのだよ」

「それにしても、携帯電話を、よく奪われませんでしたね？」

「私は、携帯電話を、いつも二つ持っている。携帯電話を出せというから、そのうちの一つを、大人しく、差し出した。まさかもう一つ持っているとは、犯人も、思わなかったんだろう。それで、こうして、連絡することができたんだ」

「今、大臣がいらっしゃる部屋は、どんな、部屋ですか？」

「六十平方メートルくらいの部屋で、テーブルが一つと、ソファが一つ、そして、椅子が一つある。ほかには、何もない。のどが渇いたといったら、冷水を入れたボトルと、コップを置いていった。窓があるが、開けてみたら、二十メートル以上の高さがあるから、窓からの脱出は、無理だ。あまりに高すぎる」

「窓から何か、見えますか？　何か、音は聞こえませんか？」

秘書官が、いうと、

「ちょっと待て」

と、急に、スハルノ大臣が、大きな声を、出した。

「今、窓から『スーパーこまち』が走っているのが見えた。間違いなく『スーパーこまち』だよ。赤と白のツートンカラーの列車だ。あ、もう、見えなくなった」

「大臣、本当に『スーパーこまち』が見えたんですか？『スーパーこまち』に間違いありませんか？」

「ああ、本当だ。今、窓から『スーパーこまち』が、走っているのが見えたんだ。距離は、そうだな、八十メートルくらいかな。間違いなく、あれは『スーパーこまち』だったよ。私のいちばん好きな列車だし、昨日乗ったばかりだから、間違えようがない」

スハルノ大臣が、いったが、秘書官が、次の言葉を発しようとしたその瞬間、

「何をしているんだ？」

という、日本語とインドネシア語での、怒鳴る声が聞こえ、携帯電話は、切れてしまった。

4

谷村駅長は、すぐに、時刻表を持ち出してきた。

突然、スハルノ大臣が電話を、してきたのが、午後二時十九分、そして、窓から「スーパーこまち」が見えたと、スハルノ大臣がいったのが、十四時二十二分（午後二時二十二分）である。

谷村駅長は、その時刻を、時刻表の上で、チェックしてみた。その時刻に、「スーパーこまち」が、どの辺りを、走っているのかを確認しようと、思ったのである。

まず、下りの「スーパーこまち」である。

時刻表によれば、「スーパーこまち十五号」は、十一時五十六分に、東京を発車し、盛岡には十四時十六分に到着する。

この盛岡で「はやぶさ十五号」と「スーパーこまち十五号」とは、切り離され、「スーパーこまち十五号」は、十四時十八分（午後二時十八分）に盛岡を発車する。次の停車駅は田沢湖だが、田沢湖に到着するのは十四時四十八分、午後二時四十八分である。

とすれば、スハルノ大臣がマンションの窓から「スーパーこまち」を見た午後二時二十二分という時間は、小岩井駅の手前を走っている頃になる。

もう一つ、上りの「スーパーこまち」がある。

時刻表によれば、「スーパーこまち十二号」は、十四時十分（午後二時十分）に秋田を発車し、盛岡に、十五時四十七分に着き、ここで、「はやぶさ十二号」と連結する。

スハルノ大臣のいう、午後二時二十二分には、秋田を発車したばかりで、列車は、おそらく、和田駅近くを走っているだろう。

この和田駅には「スーパーこまち」は停車しない。上り下りのどちらの「スーパーこまち」も「はやぶさ」と連結せずに、走っている時である。

十津川は、ただちに、秋田県警と岩手県警の両方に、電話をかけ、状況を説明して協力を要請した。

「秋田県の和田駅周辺にある秋田新幹線の線路から百メートル以内にあるマンションの一室、あるいは、岩手県の小岩井辺りのマンションと、その周辺を、徹底的に捜査してほしいのです。ただし、これには国際問題が絡んでいるので、くれぐれも秘密裡に、しかも、すばやく、全力で、インドネシアのスハルノ運輸大臣を、見つけ出して、保護していただきたい」

と、十津川が、いった。

秋田県警と岩手県警は、この捜査のために、それぞれ、五十人の刑事と、警官を動員してくれた。また捜索の状況は、逐次、両県警から東京駅に、捜査本部を置いた十津川や、谷村東京駅長に、知らされることになった。

地図を見ると、両方とも、それほど、人口が密集しているところではない。

それに、大都会とは違って、高さ二十メートル以上のマンションというのは、それほど多くは、ないはずである。

十津川は、スハルノ大臣は、意外に早く、見つかるに違いないと楽観した。

秋田県警は、秋田駅から、盛岡駅までの秋田新幹線の見える道路沿いに、急遽、刑事と警官を配置し、一斉にその両側百メートル以内にあるマンションを、しらみつぶしに、調べていった。

岩手県警のほうも、同じだった。同じように、秋田新幹線の線路沿い、小岩井駅周辺の幅百メートル以内にあるマンションを、しらみつぶしに、調べていった。

「この周辺には、高いマンションは、それほどないはずです」

東北に詳しい亀井刑事が、安心させるように、谷村駅長に、いった。

「該当する全部のマンションを、調べるとしても、それほどの時間はかからないはずです。ですから、まもなく、スハルノ大臣が見つかったという報告が入るはずです」

ところが、十津川や亀井たちが、いくら待っても、期待する報告が、一向に入ってこないのである。

秋田県警と、岩手県警からは、五分刻みで報告が入ってくる。

しかし、それらは、

「まだ見つかりません」

「残念ながらまだです」

という報告ばかりで、その報告も、次第に声が疲れてくるのが分かった。

そのうちに、秋田県警から、何回目かの報告が入った。

「午後二時二十二分に、上りの『スーパーこまち』が、走っていた地点を中心にして、その周辺半径百メートルをしらみつぶしに、調べてみましたが、スハルノ大臣が監禁されているマンションは、見つかりません。マンション以外の家や建物も、念のために、調べてみましたが、結局のところ、どれもアウトです。午後二時二十二分という時間が、間違っているということは、ないんですか？」

と、逆に、向こうが、きいてくることになってしまった。

岩手県警のほうも、同じだった。

「現在、午後二時二十二分（十四時二十二分）に、秋田行きの『スーパーこまち』が走っていた地点を、半径百メートルにわたって調べてみましたが、スハルノ大臣が、囚われているマンションは見つかりません。マンションというのは、間違いかもしれないので、一般のビルも、普通の家も、調べてみましたが、見つかりません。おそらく、ここではないんではありませんか？」

それでも、秋田県警と岩手県警は、もう一度、徹底的に、調べ直してみると、約束してくれた。

しかし、秋田県警と岩手県警の、その後の報告は、ほとんど同じ言葉で、貫かれていた。

「秋田発十四時十分の『スーパーこまち十二号』が、午後二時二十二分（十四時二十二分）に通過した地点を、特定しました。その周辺百メートルを徹底的に調べ、特に、マンションについては、念入りに調べましたが、ご指摘のようなインドネシアの運輸大臣が、監禁されているようなマンションは、存在しません。なお、この周辺の人々は、土地の人々が多く、よそ者が、いれば、簡単に分かります。ですから、この辺りに、スハルノ大臣がいれば、すぐ分かります」

岩手県警の報告も、ほとんど同じだった。

「下りの『スーパーこまち十五号』は、定刻通り、盛岡駅で切り離されて、十四時十八分に盛岡駅を発車し、秋田駅に向かっています。この列車が、ご指摘の、午後二時二十二分

（十四時二十二分）に通過した地点を、ＪＲと協力して、特定しました。その地点の周辺、約百メートルの範囲を徹底的に調べましたが、インドネシアの運輸大臣スハルノ氏が監禁されているマンション、あるいは、家屋を発見することは、できませんでした。この地方には、外から移住してきた人は少なく、ほとんどの人が、顔見知りですから、その点から考えても、外国人のスハルノ氏が、この周辺で、監禁されていることは、まず考えられないと、思います」

この二つの報告に、刑事の中には、いら立つ者も多かった。

警視庁の、三上《みかみ》刑事部長などは、わざわざＪＲに、電話をして、

「該当する『スーパーこまち』は、本当に、上り一本、下り一本ずつしかないんですか？ほかにも『スーパーこまち』が走っているんじゃありませんか？」

それに対するＪＲの回答は、こうである。

「『スーパーこまち』という列車は、ひじょうに人気があります。白と赤のツートンカラーの車体は、赤い新幹線といわれて、評判になっていますが、上り、下りとも、三列車しか走行しておりません。そのほかの『こまち』は旧型の『こまち』です。いずれ、新型車両をもっと多く投入する予定ですが、今のところは、午後二時二十二分（十四時二十二分）に、走っていた『スーパーこまち』は、下りの『スーパーこまち十五号』、上りの

『スーパーこまち十二号』の二本しかありません」

どちらも、下りでいえば、盛岡で「はやぶさ十五号」と、切り離された後の「スーパーこまち十五号」であり、また、秋田から発車した時も、盛岡で「はやぶさ十二号」と連結する前の車両である。東京駅を発車する時の「スーパーこまち」は十両編成の「はやぶさ」と、七両編成の「スーパーこまち」とが連結されているのである。

しかし、午後二時二十二分に、スハルノ大臣が目撃した「スーパーこまち」は、それが下りであれ、上りであれ、七両編成で走っている「スーパーこまち」を目撃したことになる。

「例えば、スハルノ大臣が『スーパーこまち』を、見間違えたということは、考えられませんか？」

亀井刑事が、谷村駅長に、質問した。

谷村が、

「どういうことでしょう？」

「スハルノ運輸大臣は、インドネシアの運輸省の職員と一緒に、東京駅から『スーパーこまち』に乗られました。その時の『スーパーこまち』は『はやぶさ』と連結し、車両は、十七両の長さで、走っています。それなのに、今回、午後二時二十二分に目撃した時には、下りにしろ上りにしろ、七両の『スーパーこまち』で走っていたわけですから、見間違えてしまった可能性も、あるんじゃありませんか？」

その亀井の質問に対して、谷村駅長が、答えた。

「スハルノ大臣が、昨日、『スーパーこまち』に乗られた時も、盛岡で切り離されて、七両の『スーパーこまち』に、乗ったまま、終点の秋田まで、行かれましたし、帰りの時も、秋田発の時は、七両編成の『スーパーこまち』で、盛岡まで行き、盛岡で十両編成の『はやぶさ』と、連結していますから、大臣が見間違えるということは、考えられません。それに、『スーパーこまち』は、先頭の車両が、ちょっと変わったデザインの、真っ赤な鳥のくちばしのような形を、していますから、スハルノ大臣が、それを、間違えたということは、まず、あり得ませんね」

(しかし、そうすると、どうして、秋田県警と岩手県警が、スハルノ大臣が、目撃したと思われる場所の周辺を、これだけ探しても、大臣が監禁されている場所が、見つからないのだろうか?)

と、十津川は、首をひねった。

5

すでに、時計は、午後二時四十分を、すぎている。午後三時には、誘拐犯に対して何らかの意思表示を、しなくてはならないことになっているのだ。

外務省は、総理秘書官と、協議をして、日本政府として、犯人たちの要求は、拒否することに決定した。

問題は、彼らの要求を拒否した場合、犯人たちが、どう出てくるかである。一回目の電話で、いっていたように、スハルノ大臣に対して、危害を、加えるつもりなのだろうか？誘拐されている人物は、何といっても、インドネシアの、運輸大臣である。犯人が、スハルノ運輸大臣を殺害してしまったら、日本とインドネシアとの間に、問題が起きるのではないか？　傷が残るのではないか？

その点も考えて、外務省から、駐日インドネシア大使を通じて、インドネシアの大統領にも連絡をとった。

インドネシア大統領の答えは、こうだった。

「犯人が、要求している期限、午後三時の五分前に大統領自身がお答えする。それまでに、日本の警察が、最大限の努力を払ってくれることを、期待している」

それが、駐日大使を通じてのインドネシア大統領の回答だった。

大統領の本音は、三時五分前までに、事件を解決しろと、要求しているに等しかった。

東京駅の駅長室にいた十津川は、急に亀井刑事に向かって、

「どうもおかしいじゃないか？」

と、いった。

「何がですか？　もしかして、スハルノ大臣が、『スーパーこまち』を見たという証言のことですか？」

「いや、大臣の証言のことじゃない。携帯電話のことだよ」

十津川が、いうと、亀井が、首を傾げて、

「よく分かりませんが、携帯電話の、何が、おかしいんですか？」

「突然、スハルノ大臣が、秘書官に携帯電話をかけてきたということだよ。どう考えても、それが、おかしいんだ」

「しかし、スハルノ大臣は、いつも、携帯電話を二台持っていた。犯人に、そのうちの一台を黙って、差し出したので、相手が安心して、もう一台の携帯があることには、全く気がつかなかった。今、それでかけていると、いっていましたよ。話の辻褄《つじつま》は、合っている

と思いますが」

「たしかに、話の辻褄は合っているんだ。だからこそ、おかしいじゃないか？　いいかい、カメさん。犯人は、一国の現役の、運輸大臣を誘拐したんだよ。捕まれば、厳罰に処されることは、間違いない。死刑の可能性もある。だから、誘拐したスハルノ大臣の、身体検査は、念には念を入れて、やったに違いないんだ。一台の携帯電話を、差し出したから、もう一台持っているのを、見逃したなんて、犯人が、そんなヘマなことを、やるだろうか？　もし、私が犯人なら、一台持っていれば、もう一台、持っているのではないかと、疑ってかかるよ」

「たしかに、それはそうなんですが――」

「もう一つ、おかしいことがある」

「といいますと？」

「スハルノ大臣が監禁されているのは、どうやら、マンションの、一室らしい。大臣の話では、少なくとも、二十メートルの高さがあるから、窓から逃げることができないといっていた。それはいいんだ。しかし、窓が開いていたから、スハルノ大臣は『スーパーこまち』を、目撃したことになるわけだ。しかし、これだって、少しばかり不用心じゃないか？　目撃したのが、動いている『スーパーこまち』なので、今、それで、モメているが、例えば、特定の建物とか、山などを目撃されていたとしたら、監禁されている場所が、すぐに、特定されてしまうはずだ。そうしたことを、考えれば、犯人は、窓にはカギをかけておくか、あるいは、外が、見えないようにしておくか、そうするのが、普通じゃないだろうか？　携帯電話のことといい、窓からの眺めのことといい、スハルノ大臣を誘拐した犯人は、やり方が、あまりにも、杜撰《ずさん》なんじゃないのかね？　私には、それが気に入らないんだよ」

「そうすると、今回の、誘拐犯人は、性格的に、相当杜撰な人間ということに、なってきますか？」

亀井が、きくと、十津川が、笑った。

「それはないよ」

「あり得ませんか？」

「何しろ、今回の犯人は、東京駅のドームの中で、自分の仲間を、殺しているんだ。それほど真剣に、今回の事件を計画して、実行している犯人が、杜撰な人間のはずがないと、思うね」

「そうなると、スハルノ運輸大臣の誘拐は、芝居ですか？」

亀井刑事が、いう。

十津川が、また笑った。

「いや、それは、なおさらないね。もし、芝居でこんなことをやれば、日本とインドネシアの間の、大問題になってしまうからね。そんなイタズラを、一国の大臣がやるはずはない」

「そうすると、どういうことに、なるんですか？」

十津川は、ちょっと考えてから、

「少しばかり、おかしいことになるんだが、犯人は、スハルノ大臣の身体検査をした時、大臣が、もう一台の、携帯電話を持っていることには、もちろん、気がついた。それなのに、犯人は、それをわざと、見逃していることになる。監禁した部屋の窓には、カギをかけていなくて、大臣が、窓を開けて、外を自由に、見ることができるようにしておいたんだ。わざと、そうしておいたとしか、思えない」

「しかし、そんなおかしな犯人が、いるでしょうか？」

「だから、さっきから、おかしいといっているんだよ」

と、十津川が、いった。

6

「今の十津川さんの話、大変面白いですよ」

横から声をかけてきたのは、谷村駅長だった。

「面白いですか？　本人は、少しばかり、悩んでいるんですが」

と、十津川が、答えた。

「私はＪＲの人間ですから、列車のことには、詳しいですが、殺人事件とか、誘拐事件のことは、ほとんど、分かりません。それで、今回のスハルノ大臣のことも、十津川さんがいわれるまで、おかしいとは、思わなかったんですよ。おかしいと分かると、少しばかり、私も、考えざるを得ないことが、生まれてきました」

と、谷村駅長が、いった。

「考えざるを得ないこととは、何ですか？　駅長は、何を、どう考えておられるんですか？　ぜひ、谷村さんの考えを、聞かせてください」

「今までは、誘拐とか殺人とかいう話は、私には、よく分からないことなので、黙っていたんですが、今回のスハルノ大臣の行動については、実は、私も、おかしいと思っていたんです。しかし、そんなことは、素人《しろうと》が、口をはさむことではないと思って、黙っていたんですよ。ですから、今、十津川さんがいわれたように、どこが、おかしいのかを考えてみたら、スハルノ大臣を誘拐した犯人は、携帯電話を、持たせているんですから、スハルノ大臣が携帯を使って、外部と、連絡するのを構わないと思っているわけですよね？　それから、窓を開けて外を見ても、これまた、構わないと思っていた。つまり、そういうことに、なってきませんか？」

「なるほど。たしかに、そういう見方も、あり得ますね」

「スハルノ大臣は、開いている窓から『スーパーこまち』を、目撃しました。ということは、犯人は、スハルノ大臣が『スーパーこまち』を目撃しても、構わないと思っていたんじゃありませんかね。あるいは、もっと極端なことを、いってしまえば、犯人は、スハルノ大臣に、走っている『スーパーこまち』を、わざと、目撃させたのではありませんか？」

谷村駅長が、いう。

「たしかに、そうですが、そうなると、なぜ、そんなことをしたのかが、どうしても分かりませんね」

と、十津川が、いった。

「『スーパーこまち』は、秋田新幹線を走っていますが、あの車両を作っているのは、兵庫の車両工場なんですよ」

と、谷村が、いった。続けて、

「以前でしたら、兵庫の車両工場で、製造された『スーパーこまち』の車両は、船を使ってこちらに、運ばれていたんですが、『スーパーこまち』を求める声が大きくなってきたので、もっと早く、東京駅に持ってこられないものかと考えた。『スーパーこまち』は、ミニ新幹線で、在来線規格です。だったら、在来線を使って、運べばいいじゃないかということになって、最近は、東海道本線を使って運ぶことになっているんです。今日もたしか、兵庫の車両工場で新しく製造された『スーパーこまち』が、東海道本線を使って、東京の上野車両基地に運ばれてきたはずなんですよ。ひょっとすると、スハルノ大臣は、実際に走っている『スーパーこまち』ではなくて、その運搬中の『スーパーこまち』を見たんじゃないでしょうか？　あるいは、わざと見せたのか？」

と、谷村が、いった。

谷村駅長の話で、今まで、難しい顔だった十津川の表情が、急に、明るくなった。

「もう一度確認しますが、今日も、兵庫の車両工場から、東海道本線を使って、『スーパーこまち』の車両が、こちらに、運ばれてきているんですか？」

「ええ、たしか、その予定になっているはずです」

「それでは、今日の午後二時二十二分に、その車両が、どこを走っていたのか、それは分かりますか？」

「今、それをきいてみます」

谷村駅長は、すぐどこかに携帯をかけていたが、十津川に、向かって、

「分かりましたよ。たしかに今日、完成した『スーパーこまち』の新型車両の輸送があったそうです。今日の、午後二時二十二分、その『スーパーこまち』は、その時間でしたら、小田原駅の手前、百メートルの地点を、東京方面に向かって走っていたそうです。もちろん、小田原駅には、停車していません」

「一つ、おききしたいのですが」

「何でしょう？」

「今いわれたことを、谷村駅長は、ＪＲの方だから知っていたんですか？　一般人の中にも、そのことを、知っている人がいるでしょうか？」

「普通の人は、まず、知らないでしょうが、鉄道マニアなら、おそらく、誰でも、知っていると、思いますよ。そういう情報は、マニアの間では、インターネットなどを通じて、あっという間に、流れるんです。ですから、先日も、兵庫の車両工場で完成した『スーパ

ーこまち』が、東海道本線で、運ばれると知って、各駅に数人のマニアが、カメラを構えて、待っていたそうです」

「駅長、これで、事件は、解決するかもしれませんよ」

十津川が、大きな声で、いった。

7

今度は、十津川が捜査の指揮を執った。

警視庁の刑事五十人、神奈川県警の刑事五十人、さらに、同数の警察官が動員され、東海道本線の小田原駅の手前百メートルの地点、その周辺のマンションを、片っ端から、二百人の刑事、警察官が調べていった。

万一に備えて、刑事も、警察官も、拳銃所持である。

刑事たちは、問題の地点から幅百メートルの範囲内にあるマンションを、次から次へと、調べていった。

何しろ、百人の刑事と、百人の警察官である。たちまち、八階建てのマンションの、最上階の部屋に監禁されていたスハルノ運輸大臣が発見された。

この時、同じ八階の部屋を、占拠していた四人の容疑者が、逮捕されたが、そのうちの一人は、改造拳銃を、撃ってきたので、神奈川県警の刑事によって、射殺された。

事件は、午後三時六分前に、解決された。

8

事件は終わった。

その後、インドネシアの運輸大臣一行は、予定よりも二日長く日本に留まって、再度、「スーパーこまち」に乗った後、インドネシアに、帰っていった。

逮捕された容疑者に対する訊問は、これから始まる。容疑者は、さらに多くなるかもしれない。

明らかにすべきことは、いくらもあった。

亡くなった吉野弥生になりすまして、スハルノ大臣と連絡を取っていたのは、誰なのか。

東京駅の南ドームで、毒殺された長谷川千佳についても、さらに容疑者たちを訊問する必要がある。彼女が、仲間にどう反抗し、どの時点で殺すことに決められたのか。

スハルノ大臣の誘拐、監禁の模様についても、大臣からは話をきいているが、犯人たちの自供との照合も、やらなければならない。

今回の事件の副産物についても、十津川は、捜査日誌に、簡単に書き込んだ。高見沢のことである。

高見沢の連載小説は、事件が明らかになった後も、連載が続き、事件に合わせたようなストーリーになっていった。一時は話題にもなったが、有名なノンフィクションの作家が、今回の事件に合わせて、一気に、東京駅を舞台にした暗殺計画とインドネシアの今後について、一冊の本を書き上げて、それを、売り出したために、高見沢の小説は、輝きを失って、ついには、連載が、中止になってしまった。

高見沢が、一人前の作家になるのには、まだ時間が、かかるだろう。

解説

香山《かやま》二三郎《ふみろう》
（コラムニスト）

ブルートレインとは、青色塗装された客車を機関車が牽引する寝台特急列車のこと。もともとは第二次世界大戦後、南アフリカに登場した豪華寝台列車を指すが、日本でも一九五八年、東京・博多間を走る特急「あさかぜ」がブルートレイン化された。

ミステリーファンにとってブルートレインといえば、まず思い浮かぶのが西村京太郎の大ブレイク作、『寝台特急殺人事件《ブルートレインさつじんじけん》』（光文社文庫）だろう。その刊行は一九七八年一〇月で、この当時日本の国鉄（現ＪＲ）はまさにブルートレイン天国であった。しかし、新幹線網の充実や高速道路の整備、航空路線の拡充などもあって、その後ブルートレインは急速にすたれていき、二〇一五年三月、上野・札幌間を走る特急「北斗星」の廃止とともについにその歴史を閉じた（寝台特急自体は、「サンライズ瀬戸」「サンライズ出雲」が運行中）。

それは西村ファンにとっても衝撃的なニュースだったに違いないが、列車の歴史に流行《はや》りすたりは付きものともいえよう。いや、列車だけではない。駅にもまた流行りすたりがあり、新たに生まれる駅もあれば、さみしく廃止される駅もある。日本全国の駅数はＪＲ各社だけでも四六〇〇を超える。その頂点に立つ駅はといえば——乗降客数からいえば、新宿駅であるが、列車の発着本数や発着ホーム数のみならず、設備や駅舎の歴史等総合的観点からすると、やはり東京駅にとどめを刺そう。

西村トラベルミステリーでも、〝駅シリーズ〟の第一弾として一九八四年九月、『東京駅殺人事件』（光文社文庫）が刊行されている。物語は駅長のもとに爆弾を仕掛けたという脅迫電話がかかってくるところから始まり、さらに列車内での美術商殺しや誘拐事件まで絡んでくる。駅のスケールにふさわしく、複数の事件が同時多発的に起きるわけだが、当時の東京駅には在来線の京葉線地下ホームは出来ていなかった。東北、上越、北陸新幹線も乗り入れていなかったし、改札内の商業施設もまだ整備されていなかった。だが、東京駅の凄いところは現在進行形で着々と変貌を遂げつつあることだ。『東京駅殺人事件』刊行後も新たな路線の乗り入れはもとより、様々な点で進化しているわけで、その最たる例が丸の内口の赤レンガ駅舎のリニューアルではなかったか。

東京駅の開業は一九一四年。丸の内口駅舎は辰野《たつの》金吾《きんご》の設計による洋式建築だったが、戦災にあって大半を焼失、戦後復元されたものの、開業当時と比べて規模を縮小したものになった。長らくその状態が続いたが、やがて東京駅周辺地区の再開発が始まり、一九九九年、建設当時の形態に復元されることが決定。工事は二〇〇七年に始まり一二年に完成、同年一〇月にオープンした。それに合わせて駅舎内の東京ステーションホテルも拡張して改築されたのであった。

『東京駅殺人事件』から三〇年余、本書『新・東京駅殺人事件』が書かれることになったのもそれがきっかけとなったに違いない。本書は「小説宝石」（光文社）二〇一三年五月号から一一月号まで連載されたのち、翌一四年六月、光文社カッパ・ノベルスの一冊として刊行された。

物語はそのリニューアルした東京ステーションホテルでふたりの男が会うところから始まる。高《たか》見《み》沢《ざわ》明《あき》彦《ひこ》は静岡の地元紙の記者だったが、雑誌「鉄道研究」が募集した小説のコンテストに入選した。編集部はこれを機会に第二の松本清張を売り出そうと計画、高見沢にステーションホテルに泊まってストーリーを考案させるべく、編集者の田中《たなか》を送ったというわけだ。清張がこのホテルで傑作『点と線』を執筆したというのは有名な話だが、そうはいっても簡単にアイデアが湧いてくるはずもなく、高見沢は悶々《もんもん》とする。やがて部屋から見下ろす改札口で待ち合わせをしているらしい若い女性の姿が目に留まるが、その彼女は深夜まで誰かを待ち続けたうえ、救急隊に運ばれていった。翌日、彼女は毒殺されたらしいことが報じられるが……。

　爆破予告という『東京駅殺人事件』の出だしに比べると一見地味だけれども、清張を目指す作家の卵をそこに絡めたことでミステリー読みには興味深い序盤の展開といえるだろう。『点と線』を有名にしたのはその出来映えもさることながら、被害者が東京駅の一五番線ホームから特急「あさかぜ」に乗るところを一三番線にいた人から目撃されるという場面演出による。詳細は直《じか》に作品でお確かめいただきたいが、現在一三番線は存在せず、一五番線ホームも東海道新幹線のホームになっている。そもそもブルートレイン自体がなくなってしまった。その代わりに選ばれた舞台がステーションホテルという次第。

　被害者女性の長谷川千佳《はせがわちか》は「世界平和の誓い」というボランティア活動を中心にした民間団体に所属していたことがわかるが、それと前後して丸の内北口コンコースで開催予定のアメリカ人女性だけの四重奏楽団によるコンサート――エキコンをめぐって中止を求める脅迫電話が入り、話はにわかにテロ活劇めいてくる。コンサートを強行するなら駅を爆破するということで、やはり東京駅はパニック仕立てに恰好の舞台なのであった。

　十津川《とつがわ》警部と警視庁捜査一課の面々も捜査に駆け付けるものの、間もなく一〇年ほど前鹿児島中央駅で起きた爆破事件の犯人が容疑者として浮かび上がってくる。かくて東京駅の脅迫事件は急ピッチで展開し、事態は収拾されるが、今度は新幹線待合室近くの女性用トイレで「はせがわちかのウラミ」と書かれた血文字が発見される。それはネコの血であることがわかるが、噂は瞬く間に都市伝説化して広まり、新たな血文字も発見される。爆破脅迫の後は血文字の怪談というわけだが、犯罪の同時多発的な演出といい、種類の異なる事件を畳みかけていく手法といい、著者のストーリーテラーぶりが遺憾《いかん》なく発揮されているというべきだろう。

実際、東京駅の騒動はさらにつながり、国際問題にまで発展する様相を呈する。新幹線といえば、二〇一五年三月の北陸新幹線の開業、翌一六年三月の北海道新幹線の開業（共に部分開業）が記憶に新しいが、新幹線建設は未だ継続中。それも日本国内だけでなく、海外にも新幹線は輸出されている。欧米のみならず、アジアでもタイやインドで新幹線建設に参加することが決まっているが、フランスや中国等、新幹線輸出に積極的な国は少なくなく、競争は激しい。残念ながら、インドネシアにおいては、同国政府の財政負担を伴わない中国の建設案に敗れているが、日本の新幹線システムが優秀であることは世界が認めるところである。新幹線を視察するＶＩＰも少なくなく、失踪事件も現実に起こらないとは限らない。後半の展開にはリアリティがあるのだ。

前述のように、東京駅は日々刻々と変化しているが、最近も二〇一五年三月、上野東京ラインの開業という大きな出来事があった。東北、高崎、常磐線方面と東海道、横須賀線方面とが改めてつながれ、直通運転で結ばれることになったのだ。これまで東京駅といえば、日本を代表する始発駅であり終着駅だったが、在来線においては、途中駅、通過駅と化したことになる。筆者が東京暮らしを始めた一九七〇年代には考えられなかったことが次々に現実化している。

東海道新幹線の開業は東京オリンピックが開催された一九六四年。二〇二〇年の東京オリンピックにはどんな新しい出来事が待っているのか。そのときまでには、高見沢明彦も一人前の作家に成長しているのではないだろうか。

鉄道の進化とともに、西村トラベルミステリーの進化も続く。

※初出「小説宝石」二〇一三年五月号〜十一月号
※この作品はフィクションであり、実在の個人・団体・事件・地名などとはいっさい関係ありません。（編集部）

二〇一四年六月　カッパ・ノベルス（光文社）刊

光文社文庫

長編推理小説

新《しん》・東《とう》京《きょう》駅《えき》殺《さつ》人《じん》事《じ》件《けん》

著　者　西《にし》村《むら》京《きょう》太《た》郎《ろう》

2017年4月20日　初版1刷発行

発行者　鈴木広和
印　刷　萩原印刷
製　本　ナショナル製本

発行所　株式会社　光文社
〒112-8011　東京都文京区音羽1-16-6
電話　(03)5395-8149　編集部
8116　書籍販売部
8125　業務部

ISBN978-4-334-77451-6　Printed in Japan

組版　萩原印刷